Russian Folktales

Russian Folktales
A Reader

FOCUS STUDENT EDITION

Jason Merrill
Drew University

Focus Publishing
R. Pullins Company
Newburyport MA 01950

FOCUS TEXTS IN RUSSIAN LANGUAGE STUDY

From Russian into English: An Introduction to Simultaneous Interpretation, 2e •
Lynn Visson • 1999

START: An Introduction to the Sound and Writing Systems of Russian •
Benjamin Rifkin • 1998

Listening to Okudzhava: Oral Comprehension Exercises in Russian •
Vladimir Tumanov • 1996

Handbook of Russian Prepositions • Frank Miller • 1991

Reading and Speaking About Russian Newspapers, 3e •
M. Kashper, V. Lebedeva, F. Miller • 1995

Advanced Russian Language Study Modules I -XII • Galina McLaws • 1995

An Overview of Russian Cases • Galina McLaws • 1995

Handbook of Russian Verb Morphology • Galina McLaws • 1995

Russian Folktales: A Russian Language Reader • Jason Merrill • 2000

Sophia Petrovna: A Russian Language Reader •
Mara Kashper and Olga Kagan • 2000

ISBN 0-58510-014-5

This book is published by Focus Publishing/R Pullins Company, PO Box 369, Newburyport MA 01950.

Printed in the United States of America
10 9 8 7 6 5 4 3 2 1

ACKNOWLEDGMENTS

The editor would like to thank William J. Comer, Jonathan Perkins, and Sergei and Svetlana Kozin for their comments on earlier versions of this reader. He would also like to thank Kelly Simpson for providing the illustrations that accompany the tales.

Table of Contents

FOREWORD

This reader is intended for students who have studied Russian grammar and would like to read Russian folktales (ска́зки) in the original Russian.[1] It is intended as a supplement to intermediate and upper-level language or culture courses. The main goal in selecting these particular tales was to introduce students to the best-known characters and plots of Russian folktales, all within the limited space of a reader.

The folktales in this reader, which are arranged from shortest to longest, need not be read in order. The exercises, notes and glossary never assume knowledge of a previous folktale (although the introductory exercises are always a good starting point, regardless of which folktales you read). The back of the reader contains notes to each tale, in which difficult phrases too large for the glossary are translated and discussed. In order to keep the page free of distractions, there are no notes in the margins nor are there footnotes that refer the reader to the entries in the notes. The notes are organized by sub-section of the relevant folktale. The glossary covers all of the words in the folktales and the exercises. In all questions of word meaning and stress I have relied on Ozhegov's *Dictionary of the Russian Language* (Слова́рь ру́сского языка́; 20th edition, 1988) and Dal's *Interpretive Dictionary of the Living Great Russian Language* (Толко́вый слова́рь живо́го великору́сского языка́). If there is no stress marked on a word, and that word begins with a vowel that also happens to be a capital letter, the stress falls on that first syllable.

In addition to the folktales, the reader contains an introduction (in English) and a series of introductory exercises (in Russian). Both are designed to provide students with factual and linguistic background that will be helpful no matter which folktale one is reading. Before each folktale are pre-reading grammar exercises (упражне́ния) and discussion questions (вопро́сы для обсужде́ния) that introduce students to difficult grammar points that repeat in the folktale, and also give them an idea of what the plot of the story will be. Longer folktales are divided into sections, with comprehension questions after each section. Dividing the folktales this way will allow students to check their comprehension as they read, and will make each section a self-contained assignment. The folktales are followed by exercises and discussion questions that are intended to help students check their overall comprehension and build on what they have learned.

Students will quickly discover that folktales are replete with examples of colloquial and obsolete forms, which I have tried to indicate in the glossary. Hopefully reading folktales will not involve more trips to the glossary than reading other texts, because many of these words are formed from familiar roots (you might never have seen the verb взду́мать, but you should be able to guess at its meaning), and because there is a good amount of repetition within the plots

---

[1] I will translate the Russian word "ска́зка" as "folktale" in the English sections of this work, except in the few cases where I am referring specifically to what Vladimir Propp calls a "magical tale" (волше́бная ска́зка). The latter term is translated as "fairy tale" in Propp's *Morphology of the Folktale* and as "wondertale" in his *Theory and History of Folklore*. In these cases I will translate it as "fairy tale" (despite the fact that there are no fairies in Russian folktales), because this is the closest existing English term. Students interested in questions of terminology should read Louis Wagner's Preface to Propp's *Morphology of the Folktale* (ix).

of folktales. Only in a few extreme cases, in all of which the word in question appears only once, have obsolete forms been replaced with more contemporary variants (for example, ватажиться was replaced with общáться, вельмú with óчень).

Introduction

In its title, a recent article posed the question "why don't folktales die?"[2] There are many reasons for the human fascination with folktales. On one level folktales appeal to us as colorful, interesting stories that transport the reader (and listener) to exotic lands that stimulate the imagination. On a second level they comfort audiences by taking adult readers back to their childhood, the age when they first heard folktales, and by assuring the younger members of the audience that in the end things will work out for the better; the hero will defeat evil and marry the fair maiden or the oppressed girl will overcome the evil stepmother and her daughters. On yet another level twentieth-century interpreters of the folktale such as Freud and Jung assert that tales, as collective works that have survived for many centuries, reveal basic truths about the human mind and how it functions. Other researchers have found remnants of ancient rituals in folktales. In the tale "The Beasts' Winter Home" (Зимо́вье звере́й), for example, the pig threatens to knock down the bull's house by digging under the walls, an episode that has been interpreted as reflecting the ancient custom of sacrificing an animal and laying it under the cornerstone of a new building (Haney, I, 54). Other tales in this reader with clear connections to ritual, in this case female and male initiation rites, are "Vasilisa the Beautiful" and "The Tale of Prince Ivan, the Firebird, and the Grey Wolf." In the former, young Vasilisa is separated from her parents and forced to undergo a series of tests, culminating in her successful return from Baba-Yaga's hut. In the latter, Prince Ivan leaves home to undergo a similar series of tests, and experiences symbolic death and rebirth (his trip to the thrice-tenth kingdom, his murder and subsequent healing with the waters of death and life) before returning home a mature adult.

In *An Introduction to the Russian Folktale*, Jack Haney identifies four basic types of Russian folktales: animal tales, wondertales, legends, and tales and anecdotes of everyday life. The tales in this collection belong to the first two types. Animal tales, the most ancient of the four types, were used by Russian peasants to teach social behavior, to show how one should behave in order to survive and in order to exist successfully in a community (Haney, I, 91). These tales are similar to fables; in them animals act much as humans do, sometimes peacefully coexisting and even marrying, but mostly arguing and trying to outwit and cheat each other. The wondertale is the setting for the adventures of the best-known Russian folktale characters. This type of tale, set in a land clearly not ours, chronicles the departure, testing, return, and ultimate transformation of the main hero, who, regardless of how inauspicious his or her start, becomes Tsar or marries one.

Folktales have always occupied a special place in Russia, where almost all children grow up listening to and reading about the adventures of Prince Ivan, Vasilisa the Beautiful, Baba-Yaga, Koshchei the Immortal, and many others. As was the case elsewhere in the world, folktales in Russia were first transmitted orally, often by a professional folktale teller (сказӣтель) or minstrel (скоморо́х). This meant that each folktale was a unique creation (it could never be told exactly the same way twice) that depended heavily on intonation, facial expressions, and gesture as part of the performance. Russia's peasants did not

---

[2]Andreev, Iurii. «Почему́ не умира́ют ска́зки?» *Литерату́рная газе́та* #19 (1982): 3.

view folktales as simple entertainment to be listened to after a hard day's work; they considered the tales and their tellers to possess magical powers (many thought they attracted evil spirits), and tales were usually not told during religious holidays and were often reserved for special events such as weddings (Haney, I, 38). Folktales were not, as may seem, the exclusive property of Russia's enormous peasant class; they were enjoyed by all levels of society, and even Tsar Ivan the Terrible often fell asleep listening to them. For centuries what written literature there was in Russia was mostly religious, as literate Russians read mainly Saints' lives and Biblical texts. The eighteenth century witnessed an increased interest in secular literature in Russia, not only in European genres, but also in the native folktale. According to one estimate, one-third of all books published in Russia in that century were collections of folktales (Nechaev, 169).

By the beginning of the nineteenth century Romanticism was flourishing in European literature and art. Romantic thinkers saw folklore as an important form of national expression and explored and imitated folktales in their works. In Russia, writers such as Aleksandr Pushkin (1799-1837), Nikolai Gogol' (1809-1852), and Vladimir Dal' (1801-1872) made great use of folklore in many of their stories and poems. Pushkin, the father of modern Russian literature, said of folktales, "How fascinating are these stories! Each one is a poem" (Afanas'ev, 636). Russian writers, however, lacked a definitive collection of their native folktales from which to work. As early as 1813, the year the Grimm brothers published the first volume of their famous collection of German folktales (1813-1822), the poet Vasilii Zhukovskii (1783-1852) called attention to this problem when he implored his nieces to gather folktales from the local storytellers. Of the tales he said "this is our national poetry, which is disappearing among us because no one is paying any attention to it" (Haney, I, 26). One niece, Anna, actually gathered two volumes of folktales, but these were never published, and Russian writers would have to wait another generation for the definitive edition of Russian folktales.

The study of Russian folktales is inextricably linked with the name of Aleksandr Nikolaevich Afanas'ev (1826-1871). Afanas'ev was born in the small town of Boguchar in the Voronezh district and went on to study law at Moscow State University. After graduating in 1849, he served in the Archives of the Ministry of Foreign Affairs, but had free time for other pursuits such as contributing articles and reviews to Russia's leading literary journals and, of course, for his study of folktales. By the early 1850s Afanas'ev had started gathering tales for his collection of Russian folktales. He collected very few of them directly from Russian peasants; most he took from other published collections, the archives of the Russian Geographical Society, and notes from fieldwork conducted by others. The first volume of his *Russian Folktales* (Наро́дные ру́сские ска́зки) came out in 1855, followed by seven more volumes, the last of which appeared in 1864. Before his early death Afanas'ev managed to publish several other significant works on Russian folklore, including *Russian Folk Legends* (Наро́дные ру́сские леге́нды, 1859) and *The Slavs' Poetic Views of Nature* (Поэти́ческие воззре́ния славя́н на приро́ду, 1865-69), none of which has enjoyed the popularity of his main opus. After Afanas'ev's death, work on the collecting of folktales in Russia was continued by scholars such as Ivan Khudiakov, Dmitrii Sadovnikov, Dmitrii Zelenin, and Boris and Iurii Sokolov.

It would be very difficult to fully appreciate the music, art, and literature of the years leading up to the Russian revolutions of 1917 without knowledge of Russian folklore. Well-known musical works such as Modest Mussorgsky's

Pictures at an Exhibition, Igor' Stravinsky's *The Firebird*, and Nikolai Rimskii-Korsakov's opera *Koshchei the Immortal* draw characters such as Baba-Yaga, the Firebird and Koshchei the Immortal directly from Russian folktales, and many of the other operas of Rimsky-Korsakov and orchestral works of Anatolii Liadov borrow just as heavily from them. The painter Victor Vasnetsov used many folktale characters and themes in his works (c.f. "Warrior at the Crossroads" [Ви́тязь на распу́тье]), and Ivan Bilibin is best known for his illustrations of Russian folktales. In literature folktales captured the imagination of a greater number of writers than they had during the Romantic era. Authors as diverse as the playwright Aleksandr Ostrovsky and the poet Velimir Khlebnikov drew on the same folkloric sources for inspiration and in an effort to better portray and understand the Russian people.

Folktales did not vanish after the revolutions of 1917, but many of them, such as the tale of the Tsar's son being carried away in an airplane, reflected the vastly different era in which they were being told (Nechaev, 167). Tales such as "How Lenin and the Tsar divided up the people," a remake of a pre-revolutionary folktale featuring Ivan the Terrible, appeared of themselves, and the Soviet government, which realized the propagandistic potential of the folktale and put it to use for the new regime, encouraged the production of others such as "Ilych will soon wake up" (von Geldern, 123-128).

During the early years of Soviet rule Russian scholars published several interesting studies of folktales, the best known of which is Vladimir Propp's *The Morphology of the Folktale* (Морфоло́гия ска́зки, 1928). By the end of the 1920s Stalin was firmly in control of the Soviet Union and the intellectual climate had chilled considerably, so, not surprisingly, the appearance of Propp's book was met with silence. Propp's thesis is that "all fairy tales are of one type in regard to their structure" (1994, 23). Instead of trying to categorize the folktale by theme as many of his predecessors had done, Propp examines the functions of the characters of the wondertale and concludes that all such tales have the same predictable sequence of character functions and the same basic plot. The book lay forgotten until an English translation appeared in 1958, and while Propp's sweeping conclusions predictably have provoked a negative response from many, *Morphology of the Folktale* remains the best known piece of Russian scholarship on the folktale.

Throughout the Soviet era interest in folktales remained high; Afanas'ev's folktales were republished in several full editions and countless selected collections. Much research was done on the folktale, most within the bounds of official Soviet policy, which eschewed psychological interpretations, preferring to view folktales only as the product of the common people and a reflection of their lives. Since the breakup of the Soviet Union, interest in this topic has increased dramatically, as evidenced by the brisk sales of many reprint editions of pre-revolutionary works and of many new books on Russian folklore.

BIBLIOGRAPHY / SUGGESTIONS FOR FURTHER READING

Afanas'ev, Aleksandr. *Народные русские легенды*. Новосибирск: 1990.

-----. *Народные русские сказки*. Москва: 1984.

-----. *Поэтические воззрения славян на природу*. Москва: 1994

-----. *Russian Fairy Tales*. Trans. Norbert Guterman. (The Pantheon Fairy Tale & Folklore Library). New York: Pantheon Books, 1980.

Bailey, James, and Tatyana Ivanova, eds. *An Anthology of Russian Folk Epics*. Armonk, NY: M. E. Sharpe, 1998.

Geldern, James von and Richard Stites, eds. *Mass Culture in Soviet Russia*. Indianapolis: Indiana University Press, 1995.

Gerhart, Genevra. *The Russian's World: Life and Language*. NY: Harcourt Brace & Company, 1995.

Haney, Jack V. *An Introduction to the Russian Folktale*. (The Complete Russian Folktale, Vol. 1). Armonk: M. E. Sharpe, 1999.

-----, ed. *The Russian Animal Tales*. (The Complete Russian Folktale, Vol. 2). Armonk: M. E. Sharpe, 1999.

Ivanits, Linda J. *Russian Folk Belief*. Armonk: M. E. Sharpe, 1992.

Нечаев, А. «Александр Николаевич Афанасьев». *Народные русские сказки: книга первая*. М: Советская Россия, 1978, 167-173.

Петухин, В. Я., et. al., eds. *Славянская мифология*. Москва: 1995.

Propp, Vladimir. *Morphology of the Folktale*. Trans. Laurence Scott. (American Folklore Society Bibliographical and Special Series Vol. 9 / Indiana University Research Center in Anthropology, Folklore, and Linguistics Publication 10). Austin: University of Texas Press, 1994.

-----. *Theory and History of Folklore*. Ed. Anatoly Liberman. Trans. Ariadna Y. Martin and Richard P. Martin. (Theory and History of Literature, Vol. 5). Minneapolis: University of Minnesota Press, 1984.

Reeder, Roberta, ed. *Russian Folk Lyrics*. Bloomington: Indiana University Press, 1992.

Sokolov, Iurii. *Russian Folklore*. Trans. Catherine Ruth Smith. Detroit: Folklore Associates, 1971.

Пе́ред чте́нием ска́зок

Упражне́ния

1. *In Russian fiction, poetry, and folktales one often encounters feminine adjective and noun instrumental case endings in* -ою / -ею *instead of the expected* -ой / -ей. *Examine the following examples and translate them into English.*

   Винова́т я пе́ред тобо́ю, сказа́л во́лку Ива́н-царе́вич.

   Царе́вич взял жар-пти́цу, пошёл за́ город, сел на коня́ златогри́вого вме́сте с прекра́сною короле́вной Еле́ною и пое́хал в своё оте́чество.

2. *One device common in folktales is to repeat words with essentially the same meaning. Find the repeated words in the following phrases, then translate the phrases into English.*

   Как же, бра́тцы-това́рищи? Вре́мя прихо́дит холо́дное: где тепла́ иска́ть?

   Вот живу́т они́ себе́ да пожива́ют в избу́шке.

   Печь поверну́лась и пошла́ домо́й, вошла́ в и́збу и ста́ла на пре́жнее ме́сто. Еме́ля опя́ть лежи́т-полёживает.

   Се́рый же волк живёт у царя́ Афро́на день, друго́й и тре́тий вме́сто прекра́сной короле́вны Еле́ны, а на четвёртый день пришёл к царю́ Афро́ну проси́ться в чи́стом по́ле погуля́ть, чтоб разби́ть тоску́-печа́ль лю́тую.

   Ива́н же царе́вич е́хал путём-доро́гою с Еле́ною Прекра́сною, разгова́ривал с не́ю и забы́л про се́рого во́лка; да пото́м вспо́мнил:

3. *The genitive case is often used with nouns in a partitive sense to express "some," "some of." Some masculine nouns have a special genitive ending in* -у /-ю *when used partitively. In the following phrases find the partitive genitive forms and translate the phrases into English.*

   Идёт жура́вль на зва́ный пир, а лиса́ навари́ла ма́нной ка́ши и разма́зала по таре́лке.

   На́больший вельмо́жа дал Еме́ле изю́му, черносли́ву, пря́ников и говори́т:

Накупи́л на́больший вельмо́жа вин сла́дких да ра́зных заку́сок, пое́хал в ту дере́вню, вошёл в ту и́збу и на́чал Еме́лю по́тчевать.

Стару́шка купи́ла льну хоро́шего.

Васили́са зажгла́ лучи́ну от тех черепо́в, что на забо́ре, и начала́ таска́ть из пе́чки да подава́ть Ба́бе-яге́ ку́шанье, а ку́шанья настря́пано бы́ло челове́к на де́сять; из по́греба принесла́ она́ ква́су, мёду, пи́ва и вина́.

Я твоего́ де́тища не тро́ну и отпущу́ здра́ва и невреди́ма, когда́ ты мне услу́жишь слу́жбу: слета́ешь за три́девять земе́ль, в тридеся́тое госуда́рство, и принесёшь мне мёртвой и живо́й воды́.

4. *The prefix* на- *and the reflexive ending* -ся, *when attached to a verb stem, create a verb with the meaning of "to do something to the limit of one's desires," "to do enough of"; when used negatively these verbs have the meaning of "not enough," "cannot do an action enough." Look at the following passages and translate them into English.*

Взяла́ лису́ доса́да, ду́мала, что нае́стся на це́лую неде́лю. . .

Оди́н князь жени́лся на прекра́сной княжне́ и не успе́л ещё на неё нагляде́ться, не успе́л с не́ю наговори́ться, не успе́л её наслу́шаться, а уж на́до бы́ло им расстава́ться, на́до бы́ло ему́ е́хать в да́льний путь, покида́ть жену́ на чужи́х рука́х.

Еме́ля напи́лся, нае́лся, захмеле́л и лёг спать.

Царь ест, пьёт, и не надиви́тся. . .

5. *One encounters rhyming words within sentences ("internal rhyme") more often in fairy tales than in fiction. Read the following sentences carefully and identify the rhyming words. Why would rhymes be so common in fairy tales? See if you can find other examples as you are reading.*

Де́ти не слу́шали; ны́нче поигра́ют на тра́вке, за́втра побе́гают по мура́вке, да́льше-да́льше, и забрали́сь на кня́жий двор.

Така́я краса́вица - ни взду́мать, ни взгада́ть, то́лько в ска́зке сказа́ть.

Ку́колка поку́шает, да пото́м даёт ей сове́ты и утеша́ет в го́ре, а нау́тро вся́кую рабо́ту справля́ет за Васили́су; та то́лько отдыха́ет в холодо́чке да рвёт цвето́чки. . .

Ве́рные мои́ слу́ги, серде́чные дру́ги, вы́жмите из ма́ку ма́сло!

Вопро́сы для обсужде́ния

1. Чем отлича́ются ска́зки от худо́жественной литерату́ры? Что ме́жду ни́ми о́бщего?
2. Что вы бо́льше лю́бите чита́ть: ска́зки и́ли худо́жественную литерату́ру? Почему́?
3. Чита́ли ли вы ска́зки в де́тстве? Каки́е? Есть ли у вас люби́мая ска́зка?
4. Каки́е персона́жи обы́чно де́йствуют в ска́зках?
5. Каку́ю роль игра́ют живо́тные в ска́зках?

Лиса́ и рак

Пе́ред чте́нием

Упражне́ния

1. *The fox* (лиса́) *is a common character in Russian animal tales. Which of the following adjectives can describe a fox?*

хи́трый	скро́мный	хвастли́вый
симпати́чный	у́мный	кори́чневый
краси́вый	весёлый	деревя́нный

Вопро́сы для обсужде́ния

1. Кто быстре́е бе́гает: лиса́ и́ли рак?

2. В э́той ска́зке лиса́ и рак бегу́т наперегонки́. Как вы ду́маете, кто вы́играет? Почему?

Лиса́ и рак

Лиса́ и рак стоя́т вме́сте и говоря́т ме́жду собо́й. Лиса́ говори́т ра́ку:

- Дава́й с тобо́й перегоня́ться.

Рак:

- Что́ ж, лиса́, дава́й!

На́чали перегоня́ться. Лишь лиса́ побежа́ла, рак уцепи́лся лисе́ за хво́ст. Лиса́ до ме́ста добежа́ла, а рак не отцепля́ется. Лиса́ оберну́лась посмотре́ть, вертну́ла хвосто́м, рак отцепи́лся и говори́т:

- А я давно́ уж жду тебя́ тут.

1. Кто вы́играл? Почему́?

По́сле чте́ния

Упражне́ния

1. *Look at your list of adjectives describing a fox. How many of them describe the fox in this tale? Are there any new ones you need to add to your list?*

Вопро́сы для обсужде́ния

1. Зна́ете ли вы каки́е-нибу́дь ска́зки, подо́бные э́той?

Лиса́ и жура́вль

Пе́ред чте́нием

Упражне́ния

1. *In this tale the fox befriends a crane* (жура́вль). *Which of the following adjectives describe a crane?*

то́лстый	свире́пый	гостеприи́мный
скро́мный	худо́й	свято́й
высо́кий	ти́хий	жа́дный

2. *This tale contains two sayings* (погово́рки)*. Look at them, translate them literally into English, then decide if English has a similar saying.*

Как не со́лоно хлеба́ла.

Какау́кнулось, так и откли́кнулось.

Вопро́сы для обсужде́ния

1. Посмотри́те на карти́нки: како́й у лисы́ нос? А у журавля́?

2. Как вы ду́маете, мо́гут ли лиса́ и жура́вль быть друзья́ми?

Лиса́ и жура́вль

Лиса́ с журавлём подружи́лись, да́же покуми́лась с ним у кого́-то на роди́нах.

Вот и взду́мала одна́жды лиса́ угости́ть журавля́, пошла́ звать его́ в го́сти.

- Приходи́, куманёк, приходи́, дорого́й! Уж я как тебя́ угощу́!

Идёт жура́вль на зва́ный пир, а лиса́ навари́ла ма́нной ка́ши и разма́зала по таре́лке. Подала́ и по́тчует:

- Поку́шай, мой голу́бчик-куманёк! Сама́ стря́пала.

Жура́вль хлоп-хлоп но́сом, стуча́л, стуча́л, ничего́ не попада́ет!

А лиси́ца в э́то вре́мя ли́жет себе́ да ли́жет ка́шу, так всю сама́ и ску́шала.

Ка́ша съе́дена; лиси́ца говори́т:

- Не бессу́дь, любе́зный кум! Бо́льше по́тчевать не́чем.

- Спаси́бо, кума́, и на э́том! Приходи́ ко мне в го́сти.

На друго́й день прихо́дит лиса́, а жура́вль пригото́вил окро́шку, накла́л в кувши́н с ма́лым го́рлышком, поста́вил на стол и говори́т:

- Ку́шай, ку́мушка! Пра́во, бо́льше не́чем по́тчевать.

Лиса́ начала́ верте́ться вокру́г кувши́на, и так зайдёт и э́так, и лизнёт его́, и ню́хает-то, всё ничего́ не доста́нет! Не ле́зет голова́ в кувши́н. А жура́вль ме́жду тем клюёт да клюёт, пока́ всё пое́л.

- Не бессу́дь, кума́! Бо́льше угоща́ть не́чем.

Взяла́ лису́ доса́да, ду́мала, что нае́стся на це́лую неде́лю, а домо́й пошла́ как не со́лоно хлеба́ла. Как а́укнулось, так и откли́кнулось!

С тех пор и дру́жба у лисы́ с журавлём врозь.

1. Почему́ в конце́ ска́зки лиса́ оста́лась недово́льна?

По́сле чте́ния

Упражне́ния

1. Перескажи́те э́ту ска́зку от лица́ лисы́:

   «Одна́жды я пригласи́ла журавля́ к себе́ в го́сти...

Вопро́сы для обсужде́ния

1. Какова́ мора́ль э́той ска́зки?

О культу́ре

1. *Read the following recipe for* окро́шка *from the turn of the century. What are the ingredients? Do you think this was a staple of the Russian peasant diet? Why?*

   Варёный карто́фель поре́зать кусо́чками, свёклу варёную изруби́ть, наре́зать кусо́чками ра́зных грибо́в солёных и марино́ванных, мочёных я́блок, марино́ванных слив и́ли ви́шен, сложи́ть всё э́то в супову́ю ча́шку, нали́ть ки́слыми ща́ми и́ли ква́сом, положи́ть со́ли, пе́рца, зелёного лу́ка, укро́па и ча́йную ло́жечку гото́вой горчи́цы, размеша́ть всё вме́сте и положи́ть кусо́к льда.

Зимо́вье звере́й

Пе́ред чте́нием

Упражне́ния

1a. *A number of animals appear in this tale. Scan the tale and find as many of them as you can, filling in the blanks under the proper picture.*

____

____

____

____

____

____

____

____

1b. Examine the following quotes and guess which animal says them. When you have finished reading, return and see how many of them you correctly identified.

«А по мне́ хоть каки́е моро́зы - я не бою́сь: заро́юсь в зе́млю и без избы́ прозиму́ю».

«Не пу́стишь»? - говори́т _____, - «так я взлечу́ наве́рх, всю зе́млю с потолка́ сгребу́; тебе́ же холодне́е бу́дет».

«Кум», говори́т она́ медве́дю, «отворя́й дверь, я напере́д пойду́, петуха́ съем».

«У меня́ шу́ба тепла́ - вишь кака́я шерсть»!

«Что́ она́ там до́лго с петухо́м не мо́жет упра́виться»? - говори́т _____. - «Отпира́й, брат Миха́йло Ива́нович! Я пойду́».

«А я ся́ду в середи́ну е́ли, одно́ крыло́ постелю́, а други́м оде́нусь, -меня́ никако́й хо́лод не возьмёт; я и так прозиму́ю».

Вопро́сы для обсужде́ния

1. Как живо́тные обы́чно прово́дят зи́му? Где? Почему́?

Зимо́вье звере́й

Шёл бык ле́сом; попада́ется ему́ навстре́чу бара́н.
- Куда́, бара́н, идёшь? - спроси́л бык.
- От зимы́ ле́та ищу́, - говори́т бара́н.
- Пойдём со мно́ю!
Вот пошли́ вме́сте; попада́ется им навстре́чу свинья́.
- Куда́, свинья́, идёшь? - спроси́л бык.
- От зимы́ ле́та ищу́, - отвеча́ет свинья́.
- Иди́ с на́ми!
Пошли́ втроём да́льше; навстре́чу им попада́ется гусь.
- Куда́, гусь, идёшь? - спроси́л бык.
- От зимы́ ле́та ищу́, - отвеча́ет гусь.
- Ну, иди́ за на́ми!
Вот гусь и пошёл за ни́ми. Иду́т, а навстре́чу им пету́х.
- Куда́, пету́х, идёшь? - спроси́л бык.
- От зимы́ ле́та ищу́, отвеча́ет пету́х.
- Иди́ за на́ми!
Вот иду́т они путём-доро́гою и разгова́ривают ме́жду собо́й:
- Ка́к же, бра́тцы-това́рищи? Вре́мя прихо́дит холо́дное: где тепла́ иска́ть?
Бык и ска́зывает:
- Ну, дава́йте и́збу стро́ить, а то и впрямь зимо́ю замёрзнем.
Бара́н говори́т:
- У меня́ шу́ба тепла́ - вишь кака́я шерсть! Я и так прозиму́ю.
Свинья́ говори́т:
- А по мне́ хоть каки́е моро́зы - я не бою́сь: заро́юсь в зе́млю и без избы́ прозиму́ю.
Гусь говори́т:
- А я ся́ду в середи́ну е́ли, одно́ крыло́ постелю́, а други́м оде́нусь, - меня́ никако́й хо́лод не возьмёт; я и так прозиму́ю.
Пету́х говори́т:
- И я то́же!
Бык ви́дит - де́ло пло́хо, на́до одному́ хлопота́ть.
- Ну, -говори́т, - вы как хоти́те, а я ста́ну и́збу стро́ить.
Вы́строил себе́ избу́шку и живёт в ней.

1.1 Кого́ встреча́ет бык?

1.2 Почему́ бык хо́чет постро́ить дом?

1.3 Почему́ други́е персона́жи не помога́ют быку́ стро́ить дом?

Вот пришла́ зима́ холо́дная, ста́ли пробира́ть моро́зы; бара́н -де́лать не́чего - прихо́дит к быку́:

- Пусти́, брат, погре́ться.

- Нет, бара́н, у тебя́ шу́ба тепла́; ты и так прозиму́ешь. Не пущу́!

- А коли не пу́стишь, то я разбегу́сь и вы́шибу из твое́й избы́ бревно́; тебе́ же бу́дет холодне́е.

Бык ду́мал, ду́мал:

«Дай пущу́, а то, пожа́луй, и меня́ заморо́зит» - и пусти́л бара́на.

Вот и свинья́ прозя́бла, пришла́ к быку́:

- Пусти́, брат, погре́ться.

- Нет, не пущу́; ты в зе́млю заро́ешься и так прозиму́ешь!

- А не пу́стишь, так я ры́лом все столбы́ подро́ю да твою́ и́збу уроню́.

Де́лать не́чего, на́до пусти́ть; пусти́л и свинью́. Тут пришли́ к быку́ гусь и пету́х:

- Пусти́, брат, к себе́ погре́ться.

- Нет, не пущу́. У вас по два крыла́: одно́ посте́лешь, други́м оде́нешься; и так прозиму́ете!

- А не пу́стишь, - говори́т гусь, - так я весь мох из твои́х стен вы́щиплю; тебе́ же холодне́е бу́дет.

- Не пу́стишь? - говори́т пету́х, - так я взлечу́ наве́рх, всю зе́млю с потолка́ сгребу́; тебе́ же холодне́е бу́дет.

Что де́лать быку́? Пусти́л жить к себе́ и гу́ся и петуха́.

Вот живу́т они́ себе́ да пожива́ют в избу́шке. Отогре́лся в тепле́ пету́х и на́чал пе́сенки распева́ть. Услы́шала лиса́, что пету́х пе́сенки распева́ет, захоте́лось петушко́м пола́комиться, да как доста́ть его́? Лиса́ поднялáсь на хи́трости, отпра́вилась к медве́дю да во́лку и сказа́ла:

- Ну, любе́зные куманьки́, я нашла́ для всех пожи́ву: для тебя́, медве́дь, быка́; для тебя́, волк, бара́на, а для себя́ петуха́.

- Хорошо́, ку́мушка, - говоря́т медве́дь и волк, - мы твои́х услу́г никогда́ не забу́дем! Пойдём же, прико́лем да поеди́м!

Лиса́ привела́ их к избу́шке.

- Кум, - говори́т она́ медве́дю, - отворя́й дверь, я наперёд пойду́, петуха́ съем.

Медве́дь отвори́л дверь, а лиси́ца вскочи́ла в избу́шку. Бык увида́л её и то́тчас прижа́л к стене́ рога́ми, а бара́н на́чал оса́живать по бока́м; из лисы́ и дух вон.

- Что́ она́ там до́лго с петухо́м не мо́жет упра́виться? - говори́т волк. - Отпира́й, брат Миха́йло Ива́нович! Я пойду́.

- Ну ступа́й.

Медве́дь отвори́л дверь, а волк вскочи́л в избу́шку. Бык и его́ прижа́л к стене́ рога́ми, а бара́н на́чал оса́живать по бока́м, и так его́ при́няли, что волк и дыша́ть переста́л.

Вот медве́дь ждал, ждал:

- Что́ он до сих пор не мо́жет упра́виться с бара́ном! Дай я пойду́.

Вошёл в избу́шку, а бык да бара́н и его́ так же при́няли. Наси́лу вон вы́рвался и пусти́лся бежа́ть без огля́дки.

2.1 Кто прихóдит к быкý зимóй? Почему?

2.2 Почемý бык наконéц впускáет их к себé в дом?

2.3 Откýда лисá знáет, где живёт петýх?

2.4 Как зовýт медвéдя?

2.5 Почемý медвéдь убежáл из избы́?

Пóсле чтéния

Упражнéния

1. Представьте себé, что вы - бык. Что вы скáжете другúм живóтным, чтóбы убедúть их построúть дом нá зиму?

Вопрóсы для обсуждéния

1. Каковá морáль э́той скáзки?

Бе́лая Уточка

Пе́ред чте́нием

Упражне́ния

1. *Folk tales make extensive use of diminutive forms, for example* у́точка, *which is a diminutive form of* у́тка (*duck*). *First, examine the following paragraphs and underline the words you think are diminutives. Can you think of what the standard form of the noun is? Second, translate the paragraphs into English, keeping in mind that diminutives can express not only small size but also an endearing attitude toward the noun.*

   А бе́лая у́точка нанесла́ яи́чек, вы́вела де́точек, двух хоро́ших, а тре́тьего замо́рышка, и де́точки её вы́шли - ребя́точки; она́ их вы́растила, ста́ли они́ по ре́чке ходи́ть, зла́ту ры́бу лови́ть, лоску́тики собира́ть, кафта́ники сшива́ть, да выска́кивать на бережо́к, да погля́дывать на лужо́к.

   На кня́жьем дворе́ белы́, как плато́чки, холодны́, как пласто́чки, лежа́ли бра́тья ря́дышком. Ки́нулась она́ к ним, бро́силась, кры́лышки распусти́ла, де́точек обхвати́ла и матери́нским го́лосом завопи́ла:

Вопро́сы для обсужде́ния

1. В э́той ска́зке есть ве́дьма. Кто таки́е ве́дьмы? Как они́ вы́глядят? Что они́ де́лают?

Бе́лая Уточка

Оди́н князь жени́лся на прекра́сной княжне́ и не успе́л ещё на неё нагляде́ться, не успе́л с не́ю наговори́ться, не успе́л её наслу́шаться, а уж на́до бы́ло им расстава́ться, на́до бы́ло ему́ е́хать в да́льний путь, покида́ть жену́ на чужи́х рука́х. Что де́лать! Говоря́т, век обня́вшись не просиде́ть.

Мно́го пла́кала княги́ня, мно́го князь её угова́ривал, запове́довал не покида́ть высо́ка те́рема, не ходи́ть на бесе́ду, с дурны́ми людьми́ не обща́ться, худы́х рече́й не слу́шаться. Княги́ня обеща́ла всё испо́лнить. Князь уе́хал; она́ заперла́сь в своём поко́е и не выхо́дит.

До́лго ли, ко́ротко ли, пришла́ к ней же́нщина, каза́лось, така́я проста́я, серде́чная!

- Что́, - говори́т, - ты скуча́ешь? Хоть бы на бо́жий свет погляде́ла, хоть бы по са́ду прошла́сь, тоску́ размыка́ла, подыша́ла све́жим во́здухом.

До́лго княги́ня отгова́ривалась, не хоте́ла, наконе́ц поду́мала: по са́ду походи́ть не беда́, и пошла́.

В саду́ разлива́лась ключева́я хруста́льная вода́.

- Что, - говори́т же́нщина, - день тако́й жа́ркий, со́лнце пали́т, а вода́ студёная - так и пле́щет, не скупа́ться ли нам здесь?

А та поду́мала: ведь, скупа́ться не беда́! Ски́нула сарафа́нчик и пры́гнула в во́ду. То́лько окуну́лась, же́нщина уда́рила её по спине́.

- Плыви́, - говори́т, бе́лою у́точкой!

И поплыла́ княги́ня бе́лой у́точкой.

Ве́дьма то́тчас наряди́лась в её пла́тье, убрала́сь, намалева́лась и се́ла ожида́ть князя.

То́лько щено́к вя́кнул, колоко́льчик звя́кнул, она́ уже́ бежи́т навстре́чу, бро́силась к кня́зю, целу́ет, милу́ет. Он обра́довался, сам ру́ки протяну́л и не распозна́л её.

А бе́лая у́точка нанесла́ яи́чек, вы́вела де́точек, двух хоро́ших, а тре́тьего замо́рышка, и де́точки её вы́шли - ребя́точки; она́ их вы́растила, ста́ли они́ по ре́чке ходи́ть, зла́ту ры́бу лови́ть, лоску́тики собира́ть, кафта́ники сшива́ть, да выска́кивать на бережо́к, да погля́дывать на лужо́к.

- Ох, не ходи́те туда́, де́ти! - говори́ла мать.

Де́ти не слу́шали; ны́нче поигра́ют на тра́вке, за́втра побе́гают по мура́вке, да́льше-да́льше, и забрали́сь на кня́жий двор.

1.1 Как вы ду́маете, почему́ кня́зю на́до бы́ло уе́хать?

1.2 С како́й це́лью ве́дьма превраща́ет княги́ню в у́точку?

1.3 Почему́ де́ти зашли́ на кня́жий двор? Узна́ет ли ве́дьма об э́том?

Ве́дьма чутьём их узна́ла, зуба́ми заскрипе́ла; вот она́ позвала́ де́точек, накорми́ла, напои́ла и спать уложи́ла, и там веле́ла разложи́ть огня́, наве́сить котлы́, наточи́ть ножи́.

Легли́ два бра́та и засну́ли, - а замо́рышка, чтоб не застуди́ть, приказа́ла им мать в па́зушке носи́ть, - замо́рышек-то и не спит, всё слы́шит, всё ви́дит.

Но́чью пришла́ ве́дьма под дверь и спра́шивает:

- Спи́те вы, де́тки, и́ли нет?

Замо́рышек отвеча́ет:

- Мы спим-не спим, ду́му ду́маем, что хотя́т нас всех поре́зать, огни́ кладу́т кали́новые, котлы́ вися́т кипу́чие, ножи́ то́чат була́тные!

- Не спят.

Ве́дьма ушла́, походи́ла, походи́ла, опя́ть - под дверь:

- Спи́те, де́тки, и́ли нет?

Замо́рышек опя́ть говори́т то же:

- Мы спим-не спим, ду́му ду́маем, что хотя́т нас всех поре́зать, огни́ кладу́т кали́новые, котлы́ вися́т кипу́чие, ножи́ то́чат була́тные!

- Что же э́то всё оди́н го́лос?

Поду́мала ве́дьма, отвори́ла потихо́ньку дверь, ви́дит: о́ба бра́та спят кре́пким сном, то́тчас обвела́ их мёртвой руко́й - и они́ померли́.

Поутру́ бе́лая у́точка зовёт де́ток; де́тки не иду́т. Зачу́яло её се́рдце, встрепену́лась она́ и полете́ла на кня́жий двор.

На кня́жьем дворе́ белы́, как плато́чки, холодны́, как пласто́чки, лежа́ли бра́тья ря́дышком. Ки́нулась она́ к ним, бро́силась, кры́лышки распусти́ла, де́точек обхвати́ла и матери́нским го́лосом завопи́ла:

Кря, кря, мои́ де́точки!
Кря, кря, голубя́точки!
Я нуждо́й вас выха́живала,
Я слезо́й вас выпа́ивала,
Темну́ ночь не досыпа́ла,
Сла́док кус не доеда́ла!

- Жена́, слы́шишь небыва́лое? Утка пригова́ривает.
- Это тебе́ чу́дится! Вели́те у́тку со двора́ прогна́ть!
Её прого́нят, она́ облети́т да опя́ть к де́ткам!

Кря, кря, мои́ де́точки!
Кря, кря, голубя́точки!
Погуби́ла вас ве́дьма ста́рая,
Ве́дьма ста́рая, змея́ лю́тая,
Змея́ лю́тая, подколо́дная;
Отняла́ у вас отца́ родно́го,
Отца́ родно́го - моего́ му́жа,
Потопи́ла нас в бы́строй ре́чке,
Обрати́ла нас в бе́лых у́точек,
А сама́ живёт - велича́ется!

«Эге́!» - поду́мал князь и закрича́л:
- Пойма́йте мне бе́лую у́точку!
Бро́сились все, а бе́лая у́точка лети́т и никому́ не даётся; вы́бежал князь сам, она́ к нему́ на́ руки па́ла.
Взял он её за кры́лышко и говори́т:
- Стань бе́лая берёза у меня́ позади́, а кра́сная де́вица впереди́!
Бе́лая берёза вы́тянулась у него́ позади́, а кра́сная де́вица ста́ла впереди́, и в кра́сной де́вице князь узна́л свою́ молоду́ю княги́ню.
То́тчас пойма́ли соро́ку, повяза́ли ей два пузырька́, веле́ли в оди́н набра́ть воды́ живя́щей, в друго́й говоря́щей.
Соро́ка слета́ла, принесла́ во́ду. Сбры́знули де́ток водо́ю - они́ встрепену́лись, сбры́знули говоря́щей - они́ заговори́ли.
И ста́ла у кня́зя це́лая семья́, и ста́ли все жить-пожива́ть, добро́ нажива́ть, ху́до забыва́ть.
А ве́дьму привяза́ли к лошади́ному хвосту́, размыка́ли по́ полю: где отвори́лась нога́ - там ста́ла кочерга́, где рука́ - там гра́бли, где голова́ - там куст да коло́да; налете́ли пти́цы - мя́со клева́ли, подняли́сь ве́тры - ко́сти размета́ли, и не оста́лось от неё ни следа́, ни па́мяти!

2.1 Отку́да ве́дьма зна́ет, что де́ти на кня́жьем дворе́?

2.2 Почему́ замо́рышек не спит? Почему́ ве́дьма не ви́дит его́?

2.3 О чём поёт кня́зю у́точка?

2.4 Каку́ю роль в э́той ска́зке игра́ет соро́ка?

2.5 Как вы ду́маете, у э́той ска́зки хоро́ший коне́ц?

После чте́ния

Упражне́ния

1. *Arrange the following pieces into a retelling* (переска́з) *of the story of the Little White Duck. Caution: there could be extra pieces*!

__ Замо́рышек не спал, и сказа́л ве́дьме, что все не спя́т.
__ Де́точки вы́росли и на́чали гуля́ть о́коло кня́жьего двора́.
__ Замо́рышек убежа́л и рассказа́л ма́ме, что случи́лось.
__ Из пе́сни у́точки князь по́нял, что ве́дьма - не его́ жена́.
__ Бе́лая у́точка роди́ла трои́х дете́й.
__ Ве́дьму забы́ли и все ста́ли жить-пожива́ть.
__ Ве́дьма уговори́ла княги́ню купа́ться.
__ Оживи́ли дете́й живя́щей и говоря́щей водо́й.
__ Уточка подплыла́ к двору́ и запе́ла.
__ Одна́жды ве́дьма пригласи́ла их к себе́, и они́ засну́ли по́сле у́жина.
__ Князь пригласи́л у́точек к себе́ во дворе́ц.
__ Ве́дьма узна́ла, что де́точки не спа́ли, несмотря́ на слова́ замо́рышка. Пото́м она́ их всех уби́ла.
__ Кня́зю на́до бы́ло надо́лго уе́хать.
__ Ве́дьма хоте́ла их уби́ть, когда́ они́ спа́ли.
__ Когда́ княги́ня пры́гнула в во́ду, ве́дьма преврати́ла её в бе́лую у́точку.
__ К княги́не пришла́ стару́ха, кото́рая была́ на са́мом де́ле ве́дьма.
__ Когда́ князь прие́хал домо́й, он знал, что э́та ве́дьма - не его́ жена́.
__ Одна́ прекра́сная княги́ня вы́шла за́муж за кня́зя.
__ Кня́зь ду́мал, что ве́дьма - его́ жена́.

2. Предста́вьте себе́, что вы друг / подру́га княги́ни. Расскажи́те ей, что случи́тся, е́сли она́ реши́т искупа́ться. Уговори́те её не купа́ться.

Царе́вна-лягу́шка

Пе́ред чте́нием

Упражне́ния

1. *Which of the following adjectives describe a frog? What about a Princess Frog?*

жёлтый	Му́дрый	зелёный
сме́лый	Огро́мный	тала́нтливый
благоро́дный	прия́тный	застéнчивый

2. *The death of Koshchei the Immortal* (Кощéй Бессме́ртный) *is hidden inside various objects organized from smallest to largest. Use the given nouns to fill in the blanks. You may refer to the English translation below the passage when necessary.*

за́яц дуб игла́ у́тка сунду́к яйцо́

Его́ смерть на концé иглы́, та _______ в _______, _______ в _______, у́тка в _______, тот ________ сиди́т в ка́менном __________, а __________ стои́т на высо́ком дубу́, и тот _______ Кощéй Бессме́ртный, как свой глаз, бережёт.

His death is on the end of a needle, that needle is in an egg, the egg is in a duck, the duck is in a hare, the hare is sitting in a stone trunk, and the trunk is in a tall oak tree, and Koshchei guards that oak tree like his own eye.

3. *Vocabulary building. Find words in the two columns that have similar roots. What could the words in column two mean? What part of speech are they?*

стрела́ (*arrow*)	пирова́ть
благослове́ние (*blessing*)	золото́й
купи́ть (*to buy*)	стреля́ть
лягу́шка (*frog*)	лягу́шечий
пир (*banquet, feast*)	ночева́ть
хи́трый (*cunning*)	купе́ц / купе́ческий
зо́лото (*gold*)	благослови́ть
ночь (*night*)	хи́трость

Вопросы для обсужде́ния

1. В э́той ска́зке лягу́шка не́сколько раз говори́т царе́вичу, что «у́тро ве́чера мудрене́е». Что означа́ет э́та посло́вица? Есть ли у неё англи́йский эквивале́нт?

2. Приходи́лось ли вам чита́ть ска́зку, в кото́рой была́ бы лягу́шка? Каку́ю роль игра́ла в ней лягу́шка?

Царе́вна-лягу́шка

В ста́рые го́ды у одного́ царя́ бы́ло три сы́на. Вот, когда́ сыновья́ ста́ли на во́зрасте, царь собра́л их и говори́т:

- Сынки́ мои́ любе́зные, поку́да я ещё не стар, мне охо́та бы вас жени́ть, посмотре́ть на ва́ших де́точек, на мои́х внуча́т.

Сыновья́ отцу́ отвеча́ют:

- Так что́ ж, ба́тюшка, благослови́. На ком тебе́ жела́тельно нас жени́ть?

- Во́т что, сынки́, возьми́те по стреле́, выходи́те в чи́стое по́ле и стреля́йте: куда́ стре́лы упаду́т, там и судьба́ ва́ша.

Сыновья́ поклони́лись отцу́, взя́ли по стреле́, вы́шли в чи́стое по́ле, натяну́ли лу́ки и вы́стрелили.

У ста́ршего сы́на стрела́ упа́ла на боя́рский двор, подняла́ стрелу́ боя́рская дочь. У сре́днего сы́на упа́ла стрела́ на ши́рокий купе́ческий двор, подняла́ её купе́ческая дочь.

А у мла́дшего сы́на, Ива́на-царе́вича, стрела́ поднялá́сь и улете́ла, сам не зна́ет куда́. Вот он шёл, шёл, дошёл до боло́та, ви́дит - сиди́т лягу́шка, подхвати́ла его́ стрелу́. Ива́н-царе́вич говори́т ей:

- Лягу́шка, лягу́шка, отда́й мою́ стрелу́.

А лягу́шка ему́ отвеча́ет:

- Возьми́ меня́ за́муж!

- Что́ ты, как я возьму́ себе́ в жёны лягу́шку?

- Бери́ - знать, судьба́ твоя́ така́я.

Закручи́нился Ива́н-царе́вич. Де́лать не́чего, взя́л лягу́шку, принёс домо́й. Царь сыгра́л три сва́дьбы: ста́ршего сы́на жени́л на боя́рской до́чери, сре́днего - на купе́ческой, а несча́стного Ива́на-царе́вича - на лягу́шке.

Вот царь позва́л сынове́й:

- Хочу́ посмотре́ть, кото́рая из ва́ших жён лу́чшая рукоде́льница. Пуска́й сошью́т к за́втрему по руба́шке.

Сыновья́ поклони́лись отцу́ и пошли́.

Ива́н-царе́вич прихо́дит домо́й, сел и го́лову пове́сил.

Лягу́шка по́ полу ска́чет, спра́шивает его́:

- Что́, Ива́н-царе́вич, го́лову пове́сил? Или го́ре како́е?

- Ба́тюшка веле́л тебе́ к за́втрему руба́шку ему́ сшить.

Лягу́шка отвеча́ет:

- Не тужи́, Ива́н-царе́вич, ложи́сь лу́чше спать, у́тро ве́чера мудрене́е.

Ива́н-царе́вич лёг спать, а лягу́шка пры́гнула на крыльцо́, сбро́сила с себя́ лягу́шечью ко́жу и оберну́лась Васили́сой Прему́дрой, тако́й краса́вицей, что и в ска́зке не расска́жешь.

Васили́са Прему́драя уда́рила в ладо́ши и кри́кнула:

- Ма́мки, ня́ньки, собира́йтесь, снаряжа́йтесь! Сше́йте мне к утру́ таку́ю руба́шку, каку́ю ви́дела я у моего́ родно́го ба́тюшки.

Ива́н-царе́вич у́тром просну́лся, лягу́шка опя́ть по́ полу ска́чет, а уж руба́шка лежи́т на столе́, завёрнута в полоте́нце. Обра́довался Ива́н-царе́вич, взял руба́шку, понёс к отцу́. Царь в э́то вре́мя принима́л дары́ от бо́льших сынове́й. Ста́рший сын разверну́л руба́шку, царь при́нял её и сказа́л:

Эту руба́шку в чёрной избе́ носи́ть.

Сре́дний сын разверну́л руба́шку, царь сказа́л:

- В ней то́лько в ба́ню ходи́ть.

Ива́н-царе́вич разверну́л руба́шку, изукра́шенную зла́том-серебро́м, хи́трыми узо́рами. Царь то́лько взгляну́л:

Ну, вот э́то руба́шка - в пра́здник её надева́ть.

Пошли́ бра́тья по дома́м - те дво́е - и су́дят ме́жду собо́й:

- Нет, ви́дно, мы напра́сно смея́лись над жено́й Ива́на-царе́вича: она́ не лягу́шка, а кака́я-нибу́дь колду́нья...

1.1 Как царь реша́ет, на ком жени́ть сынове́й?

1.2 На ком же́нится ста́рший сын? А сре́дний сын? А Ива́н?

1.3 Почему́ царь хо́чет, что́бы неве́стки сши́ли ему́ руба́шки?

1.4 Понра́вились ли царю́ руба́шки?

1.5 Почему невéстки ду́мают, что жена́ Ива́на-царе́вича «не лягу́шка, а кака́я-нибу́дь колду́нья»?

Царь опя́ть позва́л сынове́й:

- Пуска́й ва́ши жёны испеку́т мне к за́втрему хлеб. Хочу́ узна́ть, кото́рая лу́чше стря́пает.

Ива́н-царе́вич го́лову пове́сил, пришёл домо́й.

Лягу́шка его́ спра́шивает:

- Что́ закручи́нился?

Он отвеча́ет:

- На́до к за́втрему испе́чь царю́ хлеб.

- Не тужи́, Ива́н-царе́вич, лу́чше ложи́сь спать, у́тро ве́чера мудрене́е.

А те неве́стки сперва́-то смея́лись над лягу́шкой, а тепе́рь посла́ли одну́ ба́бушку-задво́ренку посмотре́ть, как лягу́шка бу́дет печь хлеб.

Лягу́шка хитра́, она́ э́то смекну́ла. Замеси́ла квашню́, печь све́рху разлома́ла да пря́мо туда́, в дыру́, всю квашню́ и опроки́нула. Ба́бушка-задво́ренка прибежа́ла к ца́рским неве́сткам, всё рассказа́ла, и те так же ста́ли де́лать.

А лягу́шка пры́гнула на крыльцо́, оберну́лась Васили́сой Прему́дрой, уда́рила в ладо́ши:

- Ма́мки, ня́ньки, собира́йтесь, снаряжа́йтесь! Испеки́те мне к утру́ мя́гкий бе́лый хлеб, како́й я у моего́ родно́го ба́тюшки е́ла.

Ива́н-царе́вич у́тром просну́лся, а уж на столе́ лежи́т хлеб, изукра́шен ра́зными хи́тростями: по бока́м узо́ры печа́тные, све́рху города́ с заста́вами.

Ива́н-царе́вич обра́довался, заверну́л хлеб в полоте́нце, понёс к отцу́. А царь в то вре́мя принима́л хле́бы от бо́льших сынове́й. Их жёны-то поспуска́ли те́сто в печь, как им ба́бушка-задво́ренка сказа́ла, и вы́шла у них одна́ горе́лая грязь. Царь при́нял хлеб от ста́ршего сы́на, посмотре́л и отосла́л в людску́ю. При́нял от сре́днего сы́на и туда́ же отосла́л. А как по́дал Ива́н-царе́вич, царь сказа́л:

- Вот э́то хлеб, то́лько в пра́здник его́ есть.

И приказа́л царь трём свои́м сыновья́м, что́бы за́втра яви́лись к нему́ на пир вме́сте с жёнами.

Опя́ть вороти́лся Ива́н-царе́вич домо́й неве́сел, ни́же плеч го́лову пове́сил.

Лягу́шка по́ полу ска́чет:

- Ква, ква, Ива́н-царе́вич, что́ закручи́нился? Или услыха́л от ба́тюшки сло́во неприве́тливое?

- Лягу́шка, лягу́шка, как мне не горева́ть! Ба́тюшка наказа́л, что́бы я пришёл с тобо́й на пир, а как я тебя́ лю́дям покажу́?

Лягу́шка отвеча́ет:

- Не тужи́, Ива́н-царевич, иди́ на пир оди́н, а я вслед за тобо́й бу́ду. Как услы́шишь стук да гром, не пуга́йся. Спро́сят тебя́, скажи́: «Это моя́ лягушо́нка в коробчо́нке е́дет».

Ива́н-царе́вич и пошёл оди́н. Вот ста́ршие бра́тья прие́хали с жёнами, разоде́тыми, разу́бранными, нарумя́ненными, насурьмлёнными. Стоя́т да над Ива́ном-царе́вичем смею́тся:

- Что́ же ты без жены́ пришёл? Хоть бы в плато́чке её принёс. Где ты таку́ю краса́вицу вы́искал? Чай, всё боло́то исходи́л.

Царь с сыновья́ми, с неве́стками, с гостя́ми се́ли за столы́ дубо́вые, за ска́терти бра́ные - пирова́ть. Вдруг подня́лся стук да гром, весь дворе́ц затря́сся. Го́сти напуга́лись, повскака́ли с мест, а Ива́н-царе́вич говорит:

- Не бо́йтесь, честны́е го́сти: э́то моя́ лягушо́нка в коробчо́нке прие́хала.

Подлете́ла к ца́рскому крыльцу́ золочёная каре́та о шести́ бе́лых лошадя́х, и выхо́дит отту́да Васили́са Прему́драя: на лазо́ревом пла́тье - ча́стые звёзды, на голове́ - ме́сяц я́сный, така́я краса́вица - ни взду́мать, ни взгада́ть, то́лько в ска́зке сказа́ть. Берёт она́ Ива́на-царе́вича за́ руку и ведёт за столы́ дубо́вые, за ска́терти бра́ные.

Ста́ли го́сти есть, пить, весели́ться. Васили́са Прему́драя испила́ из стака́на да после́дки себе́ за ле́вый рука́в вы́лила. Закуси́ла ле́бедем да ко́сточки за пра́вый рука́в бро́сила.

Жёны бо́льших царе́вичей увида́ли её хи́трости и дава́й то же де́лать.

Попи́ли, пое́ли, наста́л черёд пляса́ть. Васили́са Прему́драя подхвати́ла Ива́на-царе́вича и пошла́. Уж она́ пляса́ла, пляса́ла, верте́лась, верте́лась - всем на ди́во. Махну́ла ле́вым рукаво́м - вдруг сде́лалось о́зеро, махну́ла пра́вым рукаво́м - поплы́ли по о́зеру бе́лые ле́беди. Царь и го́сти ди́ву дали́сь.

А ста́ршие неве́стки пошли́ пляса́ть: махну́ли рукаво́м - то́лько госте́й забры́згали, махну́ли други́м - то́лько ко́сти разлете́лись, одна́ кость царю́ в глаз попа́ла. Царь рассерди́лся и прогна́л обе́их неве́сток.

В ту по́ру Ива́н-царе́вич отлучи́лся потихо́ньку, побежа́л домо́й, нашёл там лягу́шечью ко́жу и бро́сил её в печь, сжёг на огне́.

Васили́са Прему́драя возвраща́ется домо́й, хвати́лась - нет лягу́шечьей ко́жи. Се́ла на ла́вку, запеча́лилась, приуны́ла и говори́т Ива́ну-царе́вичу:

- Ах, Ива́н-царе́вич, что́ же ты наде́лал! Если бы ты ещё то́лько три дня подожда́л, я бы ве́чно твое́й была́. А тепе́рь проща́й. Ищи́ меня́ за три́девять земе́ль, в тридеся́том ца́рстве, у Коще́я Бессме́ртного...

Оберну́лась Васили́са Прему́драя се́рой куку́шкой и улете́ла в окно́. Ива́н-царе́вич popла́кал, попла́кал, поклони́лся на четы́ре стороны́ и пошёл куда́ глаза́ глядя́т - иска́ть жену́, Васили́су Прему́друю. Шёл он бли́зко ли, далеко́ ли, до́лго ли, ко́ротко ли, сапоги́ проноси́л, кафта́н истёр, шапчо́нку до́ждик иссёк. Попада́ется ему́ навстре́чу ста́рый старичо́к.

- Здра́вствуй, до́брый мо́лодец! Что и́щешь, куда́ путь де́ржишь?

Ива́н-царе́вич рассказа́л ему́ про своё несча́стье. Ста́рый старичо́к говори́т ему́:

- Эх, Ива́н-царе́вич, заче́м ты лягу́шечью ко́жу спали́л? Не ты её наде́л, не тебе́ её бы́ло снима́ть. Васили́са Прему́драя хитре́й, мудрене́й своего́ отца́ уроди́лась. Он за то осерча́л на неё и веле́л ей три го́да быть лягу́шкой. Ну, де́лать не́чего, вот тебе́ клубо́к: куда́ она пока́тится, туда́ и ты ступа́й за ним сме́ло.

2.1 Почему́ у неве́сток получи́лась то́лько горе́лая грязь, когда́ они́ пекли́ хлеб?

2.2 Почему́ Иван не хо́чет идти́ на пир?

2.3 Невестки смею́тся над Ива́ном-царе́вичем? Почему́?

2.4 Что происхо́дит на пиру́?

2.5 Куда́ ухо́дит Иван-царе́вич во вре́мя пи́ра? Что он там де́лает?

2.6 Почему Васили́са загрусти́ла? Что с ней пото́м произошло́? Почему́?

2.7 Куда́ отправля́ется Ива́н-царе́вич? Кого́ он встреча́ет на пути́?

2.8 Как вы ду́маете, чем зако́нчится э́та ска́зка?

Ива́н-царе́вич поблагодари́л ста́рого старичка́ и пошёл за клубо́чком. Клубо́к ка́тится, он за ним идёт. В чи́стом по́ле попада́ется ему́ медве́дь. Ива́н-царе́вич наце́лился, хо́чет уби́ть зве́ря. А медве́дь говори́т ему́ челове́ческим го́лосом:

- Не бей меня́, Ива́н-царе́вич, когда́-нибудь тебе́ пригожу́сь.

Ива́н-царе́вич пожале́л медве́дя, не стал его́ стреля́ть, пошёл да́льше. Глядь, лети́т над ним се́лезень. Он наце́лился, а се́лезень говори́т ему́ челове́ческим го́лосом:

- Не бей меня́, Ива́н-царе́вич, я тебе́ пригожу́сь.

Он пожале́л се́лезня и пошёл да́льше. Бежи́т косо́й за́яц. Ива́н-царе́вич опя́ть спохвати́лся, хо́чет в него́ стреля́ть, а за́яц говори́т ему́ челове́ческим го́лосом:

- Не убива́й меня́, Ива́н-царе́вич, я тебе́ пригожу́сь.

Пожале́л он за́йца, пошёл да́льше. Подхо́дит к си́нему мо́рю и ви́дит: на берегу́, на песке́, лежи́т щу́ка, едва́ ды́шит и говори́т ему́:

- Ах, Ива́н-царе́вич, пожале́й меня́, брось в си́нее мо́ре!

Он бро́сил щу́ку в мо́ре, пошёл да́льше бе́регом. До́лго ли, ко́ротко ли, прикати́лся клубо́чек к ле́су. Там стои́т избу́шка на ку́рьих но́жках, круго́м себя́ повора́чивается.

- Избу́шка, избу́шка, стань по-ста́рому, как мать поста́вила: к ле́су за́дом, ко мне пе́редом.

Избу́шка поверну́лась к нему́ пе́редом, к ле́су за́дом. Ива́н-царе́вич взошёл в неё и ви́дит: на печи́, на девя́том кирпиче́ лежи́т Ба́ба-яга́ костяна́я нога́, зу́бы - на по́лке, а нос в потоло́к врос.

- Заче́м, до́брый мо́лодец, ко мне пожа́ловал? - говори́т ему́ Ба́ба-яга́. - Де́ло пыта́ешь и́ли от де́ла лыта́ешь?

Ива́н-царе́вич ей отвеча́ет:

- Ах ты, ста́рая хрычо́вка, ты бы меня́ пре́жде напои́ла, накорми́ла, в ба́не вы́парила, тогда́ бы и спра́шивала.

Ба́ба-яга́ его́ в ба́не вы́парила, напои́ла, накорми́ла, в посте́ль уложи́ла, и Ива́н-царе́вич рассказа́л ей, что и́щет свою́ жену́, Васили́су Прему́друю.

- Зна́ю, зна́ю, - говори́т ему́ Ба́ба-яга́, - твоя́ жена́ тепе́рь у Коще́я Бессме́ртного. Тру́дно её бу́дет доста́ть, нелегко́ с Коще́ем сла́дить: его́ смерть на конце́ иглы́, та игла́ в яйце́, яйцо́ в у́тке, у́тка в за́йце, тот за́яц сиди́т в ка́менном сундуке́, а сунду́к стои́т на высо́ком дубу́, и тот дуб Коще́й Бессме́ртный, как свой глаз, бережёт.

Ива́н-царе́вич у Ба́бы-яги́ переночева́л, и нау́тро она́ ему́ указа́ла, где растёт высо́кий дуб. До́лго ли, ко́ротко ли, дошёл туда́ Ива́н-царе́вич, ви́дит: стои́т, шуми́т высо́кий дуб, на нём ка́менный сунду́к, а доста́ть его тру́дно.

Вдруг, отку́да ни взя́лся, прибежа́л медве́дь и вы́воротил дуб с ко́рнем. Сунду́к упа́л и разби́лся. Из сундука́ вы́скочил за́яц - и наутёк во всю́ прыть. А за ним друго́й за́яц го́нится, нагна́л и в клочки́ разорва́л. А из за́йца вы́летела у́тка, поднясла́сь высоко́, под само́е не́бо. Глядь, на неё се́лезень ки́нулся, как уда́рит её - у́тка яйцо́ вы́ронила, упа́ло яйцо́ в си́нее мо́ре...

Тут Ива́н-царе́вич зали́лся го́рькими слеза́ми - где́ же в мо́ре яйцо́ найти́!.. Вдруг подплыва́ет к бе́регу щу́ка и де́ржит яйцо́ в зуба́х. Ива́н-царе́вич разби́л яйцо́, доста́л иго́лку и дава́й у неё коне́ц лома́ть. Он лома́ет, а Коще́й Бессме́ртный бьётся, ме́чется. Ско́лько ни би́лся, ни мета́лся Коще́й - слома́л Ива́н-царе́вич у иглы́ коне́ц, пришло́сь Коще́ю помере́ть.

Ива́н-царе́вич пошёл в Коще́евы пала́ты белока́менные. Вы́бежала к нему́ Васили́са Прему́драя, поцелова́ла его́ в са́харные уста́. Ива́н-царе́вич с Васили́сой Прему́дрой вороти́лись домо́й и жи́ли до́лго и сча́стливо до глубо́кой ста́рости.

3.1 Как стари́к помога́ет Ива́ну?

3.2 Почему́ оте́ц преврати́л Васили́су в лягу́шку?

3.3 Каки́х живо́тных встреча́ет Ива́н? Почему́ он не убива́ет их?

3.4 Кто така́я Ба́ба-яга́? Где она́ живёт?

3.5 Како́й секре́т расска́зывает Ива́ну Ба́ба-яга́?

3.6 Как живо́тные помога́ют Ива́ну-царе́вичу? Почему́?

3.7 Что зна́чит «бессме́ртный»? Бессме́ртен ли Коще́й на са́мом де́ле?

По́сле чте́ния

Упражне́ния

1. *Using* что́бы *to report direct speech. Transform the following direct quotes into indirect speech. The speaker and person to whom the speech is directed (in the dative) are given before the quote. Keep in mind that* что́бы *is followed by past-tense verb forms.*

Direct speech: Царь / сыновья́м: «возьми́те по стреле́»

Indirect speech: Царь хо́чет, что́бы его́ сыновья́ взя́ли по стреле́ / Царь сказа́л свои́м сыновья́м, что́бы они взя́ли по стреле́.

Ива́н-царе́вич / лягу́шке: «отда́й мою́ стрелу́»

Лягу́шка / Ива́ну: «Возьми́ меня́ за́муж!»

Царь / сыновья́м: «Пуска́й ва́ши жёны испеку́т мне хлеб»

Васили́са / Ива́ну: «Ищи́ меня́ за три́девять земе́ль, в тридеся́том ца́рстве»

Медве́дь / Ива́ну: «Не бей меня́»

Ива́н / избу́шке Ба́бы-яги́: «стань по-ста́рому, как мать поста́вила»

2. Перескажи́те э́ту ска́зку от лица́ Васили́сы Прему́дрой (*the Russian word for husband's father is* свёкор).

По щу́чьему веле́нью

Пе́ред чте́нием

Упражне́ния

1. *The preposition* по *can have several meanings, depending on the context. It can mean "along, through, across, around (a place), according to," and is used with the verb* скуча́ть *(in the meaning "to miss"). Translate the following sentences with* по *into English.*

   «По щу́чьему веле́нью, по моему́ хоте́нью».

   Иду́т вёдра по дере́вне, наро́д диви́тся, а Еме́ля идёт сза́ди, посме́ивается. . .

   Опя́ть проезжа́ет Еме́ля по тому́ го́роду, где да́веча помя́л, подави́л мно́го наро́ду, а там его́ уж дожида́ются.

   Рассерди́лся офице́р и уда́рил его́ по щеке́.

   Тут в избе́ углы́ затреща́ли, кры́ша зашата́лась, стена́ вы́летела, и печь сама́ пошла́ по у́лице, по доро́ге, пря́мо к царю́.

   Ма́рья-царе́вна по Еме́ле скуча́ет, не мо́жет жить без него́, про́сит отца́, что́бы вы́дал он её за Еме́лю за́муж.

2. *In folktales, the phrase* дава́й *+ imperfective infinitive, when used with a third-person subject, can have the meaning of "start," and is synonymous with* нача́ть *and* стать *in this context. Look at the following examples and translate them into English.*

   Оди́н раз бра́тья уе́хали на база́р, а ба́бы, неве́стки, дава́й посыла́ть его́:

   Топо́р вы́скочил из-под ла́вки - и на двор, и дава́й дрова́ коло́ть, а дрова́ са́ми в и́збу иду́т и в печь ле́зут.

   Дуби́нка вы́скочила - и дава́й колоти́ть. Наро́д ки́нулся прочь, а Еме́ля прие́хал домо́й и зале́з на печь.

3. *Vocabulary building. Find words in the two columns that have similar roots. What could the words in column two mean? What part of speech are the words in column two?*

ди́во (*a wonder, wonderous thing*)	щу́чий
веле́ть (*to order, command*)	про́рубь
щу́ка (*pike [fish]*)	хоте́нье
молва́ (*talk, rumors*)	жа́лоба
проруби́ть (*to chop through*)	веле́нье
о́бувь (*footwear*)	обу́ться
жа́ловаться (*to complain*)	диви́ться
смола́ (*tar, pitch*)	мо́лвить
хоте́ть (*to want*)	смоли́ть

Вопро́сы для обсужде́ния

1. Гла́вный геро́й э́той ска́зки, Еме́ля, лю́бит лежа́ть на печи́. Что тако́е ру́сская печь? Како́го она́ разме́ра? Каку́ю роль она́ игра́ла в крестья́нском быту́?[1]

По щу́чьему веле́нью

Жи́л-бы́л стари́к. У него́ бы́ло три сы́на: дво́е у́мных, тре́тий - дурачо́к Еме́ля.

Те бра́тья рабо́тают, а Еме́ля це́лый день лежи́т на пе́чке, знать ничего́ не хо́чет.

Один раз бра́тья уе́хали на база́р, а ба́бы, неве́стки, дава́й посыла́ть его́:

- Сходи́, Еме́ля, за водо́й.

А он им с пе́чки:

- Неохо́та. . .

- Сходи́, Еме́ля, а то бра́тья с база́ра воро́тятся, гости́нцев тебе́ не привезу́т.

- Ну ла́дно.

Слез Еме́ля с пе́чки, обу́лся, оде́лся, взял вёдра да топо́р и пошёл на ре́чку.

Проруби́л лёд, зачерпну́л вёдра и поста́вил их, а сам гляди́т в про́рубь. И уви́дел Еме́ля в про́руби щу́ку. Изловчи́лся и ухвати́л щу́ку в ру́ку.

- Вот уха́ бу́дет сладка́.

Вдруг щу́ка говори́т ему́ челове́ческим го́лосом:

- Еме́ля, отпусти́ меня́ в во́ду, я тебе́ пригожу́сь.

А Еме́ля смеётся:

- На что́ ты мне пригоди́шься? . . Нет, понесу́ тебя́ домо́й, велю́ неве́сткам уху́ свари́ть. Бу́дет уха́ сладка́.

Щу́ка мо́лвила опя́ть:

- Еме́ля, Еме́ля, отпусти́ меня́ в во́ду, я тебе́ сде́лаю всё, что ни пожела́ешь.

---

[1] *For information on the* ру́сская печь *see Genevra Gerhart*, The Russian's World: Life and Language *(1995), page 101.*

- Ла́дно. То́лько покажи́ снача́ла, что не обма́нываешь меня́, тогда́ отпущу́.

Щу́ка его́ спра́шивает:

- Еме́ля, Еме́ля, скажи́, чего́ ты сейча́с хо́чешь?

- Хочу́, что́бы вёдра са́ми пошли́ домо́й и вода́ бы не расплеска́лась.

Щу́ка ему́ говори́т:

- Запо́мни мои́ слова́: когда́ что́ тебе́ захо́чется - скажи́ то́лько:

«По щу́чьему веле́нью,
По моему́ хоте́нью».

Еме́ля и говори́т:

- По щу́чьему веле́нью,
По моему́ хоте́нью -
ступа́йте, вёдра, са́ми домо́й. . .

То́лько сказа́л - вёдра са́ми и пошли́ в го́ру. Еме́ля пусти́л щу́ку в про́рубь, сам пошёл за вёдрами.

Иду́т вёдра по дере́вне, наро́д диви́тся, а Еме́ля идёт сза́ди, посме́ивается. . . Зашли́ вёдра в и́збу и са́ми ста́ли на ла́вку, а Еме́ля поле́з на печь.

1.1 Где Еме́ля лю́бит проводи́ть вре́мя?

1.2 Почему́ Еме́ля наконе́ц согласи́лся сходи́ть за водо́й?

1.3 Почему́ он отпусти́л щу́ку?

1.4 Кто принёс вёдра домо́й?

Прошло́ мно́го ли, ма́ло ли вре́мени - неве́стки говоря́т ему́:

- Еме́ля, что ты лежи́шь? Пошёл бы дров наруби́л.

- Неохо́та. . .

- Не нару́бишь дров - бра́тья с база́ра воро́тятся, гости́нцев тебе́ не привезу́т.

Еме́ле неохо́та слеза́ть с пе́чи. Вспо́мнил он про щу́ку и потихо́ньку говори́т:

- По щу́чьему веле́нью,
По моему́ хоте́нью -
поди́, топо́р, наколи́ дров, а, дрова́, са́ми в и́збу ступа́йте и в печь клади́тесь.

Топо́р вы́скочил из-под ла́вки - и на двор, и дава́й дрова́ коло́ть, а дрова́ са́ми в и́збу иду́т и в печь ле́зут.

Мно́го ли, ма́ло ли вре́мени прошло́ - неве́стки опя́ть говоря́т:

- Еме́ля, дров у нас бо́льше нет. Съе́зди в лес, наруби́.

А он им с пе́чки:

- Да вы-то на что?

- Как - мы на что? . . Ра́зве на́ше де́ло в лес за дрова́ми е́здить?

- Мне неохо́та. . .

- Ну, не бу́дет тебе́ пода́рков.

Де́лать не́чего, слез Еме́ля с пе́чи, обу́лся, оде́лся. Взял верёвку и топо́р, вы́шел на двор и сел в са́ни:

- Ба́бы, отворя́йте воро́та.

Неве́стки ему́ говоря́т:

- Что же ты, ду́рень, сел в са́ни, а ло́шадь не запря́г?

- Не на́до мне ло́шади.

Неве́стки отвори́ли воро́та, а Еме́ля говори́т потихо́ньку:

- По щу́чьему веле́нью,

По моему́ хоте́нью -
ступа́йте, са́ни, в лес.

Са́ни са́ми и пое́хали в воро́та, да так бы́стро - на ло́шади не догна́ть.

А в лес-то пришло́сь е́хать че́рез го́род, и тут он мно́го наро́ду помя́л, подави́л. Наро́д кричи́т: «Держи́ его́! Лови́ его́!» А он, знай, са́ни погоня́ет. Прие́хал в лес:

- По щу́чьему веле́нью,
По моему́ хоте́нью -
топо́р, наруби́ дрови́шек посу́ше, а вы, дрови́шки, са́ми вали́тесь в са́ни, са́ми вяжи́тесь. . .

Топо́р на́чал руби́ть, коло́ть сухи́е дерева́, а дрови́шки са́ми в са́ни ва́лятся и верёвкой вя́жутся. Пото́м Еме́ля веле́л топору́ вы́рубить себе́ дуби́нку - таку́ю, что́бы наси́лу подня́ть. Сел на воз:

- По щу́чьему веле́нью,
По моему́ хоте́нью -
поезжа́йте, са́ни, домо́й.

Са́ни помча́лись домо́й. Опя́ть проезжа́ет Еме́ля по тому́ го́роду, где да́веча помя́л, подави́л мно́го наро́ду, а там его́ уж дожида́ются. Ухвати́ли Еме́лю и та́щат с во́зу, руга́ют и бьют. Ви́дит он, что пло́хо де́ло, и потихо́ньку:

- По щу́чьему веле́нью,
По моему́ хоте́нью -
ну-ка, дуби́нка, облома́й им бока́. . .

Дуби́нка вы́скочила - и дава́й колоти́ть. Наро́д ки́нулся прочь, а Еме́ля прие́хал домо́й и зале́з на печь.

2.1 Что случи́лось, когда́ Еме́ля е́хал обра́тно че́рез го́род?

2.2 Почему́ Еме́ля сде́лал себе́ дуби́нку?

До́лго ли, ко́ротко ли - услы́шал царь об Еме́линых проде́лках и посыла́ет за ним офице́ра: его́ найти́ и привезти́ во дворе́ц.

Приезжа́ет офице́р в ту дере́вню, вхо́дит в ту и́збу, где Еме́ля живёт, и спра́шивает:

- Ты дура́к Еме́ля?

А он с пе́чки:

- А тебе́ на что?

- Одева́йся скоре́е, я повезу́ тебя́ к царю́.

- А мне неохо́та. . .

Рассерди́лся офице́р и уда́рил его́ по щеке́.

А Еме́ля говори́т потихо́ньку:

- По щу́чьему веле́нью,
По моему́ хоте́нью -
дуби́нка, облома́й ему́ бока́.

Дуби́нка вы́скочила - и дава́й колоти́ть офице́ра, наси́лу он но́ги унёс.

Царь удиви́лся, что его́ офице́р не мог спра́виться с Еме́лей, и посыла́ет своего́ са́мого на́большего вельмо́жу:

- Привези́ ко мне во дворе́ц дурака́ Еме́лю, а то го́лову с плеч сниму́.

Накупи́л на́больший вельмо́жа изю́му, черносли́ву, пря́ников, прие́хал в ту дере́вню, вошёл в ту и́збу и стал спра́шивать у неве́сток, что́ лю́бит Еме́ля.

- Наш Еме́ля лю́бит, когда его́ ла́сково попро́сят да кра́сный кафта́н посуля́т, - тогда́ он всё сде́лает, что ни попро́сишь.

На́больший вельмо́жа дал Еме́ля изю́му, черносли́ву, пря́ников и говори́т:

- Еме́ля, Еме́ля, что́ ты лежи́шь на печи́? Пое́дем к царю́.

- Мне и тут тепло́. . .

- Еме́ля, Еме́ля, у царя́ тебя́ бу́дут хорошо́ корми́ть-пои́ть, - пожа́луйста, пое́дем.

- А мне неохо́та. . .

- Еме́ля, Еме́ля, царь тебе́ кра́сный кафта́н пода́рит, ша́пку и сапоги́.

Еме́ля поду́мал-поду́мал:

- Ну ла́дно, ступа́й ты вперёд, а я за тобо́й вслед бу́ду.

Уе́хал вельмо́жа, а Еме́ля полежа́л ещё и говори́т:

- По щу́чьему веле́нью,
По моему́ хоте́нью -

ну-ка, печь, поезжа́й к царю́.

Тут в избе́ углы́ затреща́ли, кры́ша зашата́лась, стена́ вы́летела, и печь сама́ пошла́ по у́лице, по доро́ге, пря́мо к царю́.

Царь гляди́т в окно́, диви́тся:

- Это что за чу́до?

На́больший вельмо́жа ему́ отвеча́ет:

- А э́то Еме́ля на печи́ к тебе́ е́дет.

Вы́шел царь на крыльцо́:

- Что-то, Еме́ля, на тебя́ мно́го жа́лоб! Ты мно́го наро́ду подави́л.

- А заче́м они́ под са́ни ле́зли?

В э́то вре́мя в окно́ на него́ гляде́ла ца́рская дочь - Ма́рья-царе́вна. Еме́ля увида́л её в око́шко и говори́т потихо́ньку:

- По щу́чьему веле́нью,
По моему́ хоте́нью -

пуска́й ца́рская дочь меня́ полю́бит. . .

И сказа́л ещё:

- Ступа́й, печь, домо́й. . .

Печь поверну́лась и пошла́ домо́й, вошла́ в и́збу и ста́ла на пре́жнее ме́сто. Еме́ля опя́ть лежи́т-полёживает.

3.1 Почему́ царь захоте́л с Еме́лей поговори́ть?

3.2 Как вельмо́жа уговори́л Еме́лю пое́хать с ним к царю́?

3.3 Жале́ет ли Еме́ля о том, что он «мно́го наро́ду подави́л»?

3.4 Как вы ду́маете, Ма́рья-царе́вна полю́бит Еме́лю?

А у царя́ во дворце́ крик да слёзы. Ма́рья-царе́вна по Еме́ле скуча́ет, не мо́жет жить без него́, про́сит отца́, что́бы вы́дал он её за Еме́лю за́муж. Тут царь забедова́л, затужи́л и говори́т на́большему вельмо́же:

- Ступа́й, приведи́ ко мне Еме́лю живо́го и́ли мёртвого, а то го́лову с плеч сниму́.

Накупи́л на́больший вельмо́жа вин сла́дких да ра́зных заку́сок, пое́хал в ту дере́вню, вошёл в ту и́збу и на́чал Еме́лю по́тчевать.

Еме́ля напи́лся, нае́лся, захмеле́л и лёг спать. А вельмо́жа положи́л его́ в пово́зку и повёз к царю́.

Царь тóтчас велéл прикати́ть большýю бóчку с желéзными óбручами. В неё посади́ли Емéлю и Мáрью-царéвну, засмоли́ли и бóчку в мóре брóсили.

Дóлго ли, кóротко ли, проснýлся Емéля, ви́дит - темнó, тéсно.

- Где же э́то я?

А емý отвечáют:

- Скýчно и тóшно, Емéлюшка. Нас в бóчку засмоли́ли, брóсили в си́нее мóре.

- А ты кто?

- Я - Мáрья-царéвна.

Емéля говори́т:

- По щýчьему велéнью,
По моемý хотéнью -
вéтры бýйные, вы́катите бóчку на сухóй бéрег, на жёлтый песóк. . .

Вéтры бýйные подýли, мóре взволновáлось, бóчку вы́кинуло на сухóй бéрег, на жёлтый песóк. Емéля и Мáрья-царéвна вы́шли из неё.

- Емéлюшка, где же мы бýдем жить?Острóй какýю ни на есть избýшку.

- А мне неохóта. . .

Тут онá стáла егó ещё пýще проси́ть, он и говори́т:

- По щýчьему велéнью,
По моемý хотéнью -
вы́стройся кáменный дворéц с золотóй кры́шей. . .

Тóлько он сказáл - появи́лся кáменный дворéц с золотóй кры́шей. Кругóм - зелёный сад: цветы́ цветýт, и пти́цы поют́. Мáрья-царéвна с Емéлей вошли́ во дворéц, сéли у окóшечка.

- Емéлюшка, а нельзя́ тебé красáвчиком стать?

Тут Емéля недóлго дýмал:

- По щýчьему велéнью,
По моемý хотéнью -
стать мне дóбрым мóлодцем, пи́саным красáвцем.

И стал Емéля таки́м, что ни в скáзке сказáть, ни перóм описáть.

А в ту пóру царь éхал на охóту и ви́дит - стои́т дворéц, где раньше ничегó нé было.

- Это что за невéжа без моегó дозволéния на моéй землé дворéц постáвил?

И послáл узнáть-спроси́ть, кто таки́е.

Послы́ побежáли, стáли под окóшком, спрáшивают.

Емéля им отвечáет:

- Проси́те царя́ ко мне в гóсти, я сам емý скажý.

Царь приéхал к немý в гóсти. Емéля его встречáет, ведёт во дворéц, сажáет за стол. Начинáют они́ пировáть. Царь ест, пьёт, и не надиви́тся:

- Кто же ты такóй, дóбрый мóлодец?

- А пóмнишь дурачкá Емéлю - как приéхал к тебé на печи́, а ты велéл егó со своéй дóчерью в бóчку засмоли́ть, в мóре брóсить? Я - тот сáмый Емéля. Захочý - всё твоё цáрство пожгý и разорю́.

Царь си́льно испугáлся, стал прощéнья проси́ть:

- Жени́сь на моéй дóчери, Емéлюшка, бери́ моё цáрство, тóлько не губи́ меня́!

Тут устрóили пир на весь мир. Емéля жени́лся на Мáрье-царéвне и стал прáвить цáрством.

Тут и скáзке конéц, а кто слýшал - молодéц.

4.1 Кого́ царь посади́л в бо́чку? Почему́?

4.2 Опиши́те дом, кото́рый постро́ил Еме́ля.

4.3 Почему́ царь не узна́л Еме́лю?

4.4 Чем конча́ется ска́зка?

По́сле чте́ния

Упражне́ния

1. *Which of the following adjectives describe Emelia? Be able to explain your choices.*

лени́вый	дружелю́бный	жа́дный
у́мный	невоспи́танный	холосто́й
нахо́дчивый	симпати́чный	трудолюби́вый

2. Предста́вьте себе́, что вы одна́ из неве́сток. Ваш муж уе́хал на база́р. Напиши́те ему́ письмо́, в кото́ром вы жа́луетесь на Еме́лю.

3. Предста́вьте себе́, что вы исто́рик при но́вом царе́ Еме́ле. Вы должны́ написа́ть исто́рию о том, как Еме́ля стал царём.

Вопро́сы для обсужде́ния

1. Опиши́те Еме́лю свои́ми слова́ми. Каки́е у него́ люби́мые выраже́ния? Почему́ его́ называ́ют «Еме́лей-дурачко́м»?

2. Зна́ете ли вы таки́х люде́й, как Еме́ля, кото́рые ничего́ не хотя́т де́лать, но у кото́рых всё получа́ется без осо́бого труда́?

3. Хоти́те ли вы, что́бы ва́ши де́ти бы́ли таки́ми же, как Еме́ля?

4. Есть ли таки́е геро́и, как Еме́ля, в ска́зках други́х наро́дов (в англи́йских, неме́цких, и т. п.)?

Васили́са Прекра́сная

Пе́ред чте́нием

Упражне́ния

1. *The preposition* за, *when used with the instrumental case, can have the meaning of "fetching, going to get something, following some-thing," and also location "behind something." When* за *is used with the accusative case, it can have the meaning of "for, in place of, in exchange for," and motion "behind something." Look at the follow-ing phrases, decide how the preposition* за *is being used, and translate the phrases into English.*

   Ку́колка поку́шает, да пото́м даёт ей сове́ты и утеша́ет в го́ре, а нау́тро вся́кую рабо́ту справля́ет за Васили́су. . .

   Перебра́вшись на новосе́лье, купчи́ха то и де́ло посыла́ла за чем-нибу́дь в лес ненави́стную ей Васили́су, но э́та всегда́ возвраща́лась домо́й благополу́чно. . .

   На́до сбе́гать за огнём к Ба́бе-яге́!

   Воро́та отвори́лись, а Ба́ба-яга́ въе́хала, посви́стывая, за не́ю вошла́ Васили́са, а пото́м всё заперло́сь.

   Вы́тащила она́ Васили́су из го́рницы и вы́толкала за воро́та. . .

   Что хо́чешь за него́? - спроси́л царь.

2. *The prefix* за, *when attached to verbs, can have the meaning of "to start to do something," for example* заговори́ть, *which means "to start to speak." Examine the following phrases and translate them into English.*

   Ку́колка пое́ла, и глаза́ её заблесте́ли, как две све́чки.

   Но темнота́ продолжа́лась недо́лго: у всех черепо́в на забо́ре засвети́лись глаза́, и на всей поля́не ста́ло светло́, как среди́ дня.

   Затреща́ли дере́вья, захрусте́ли ли́стья - е́дет Ба́ба-яга́.

   Сказа́ла стару́ха, поверну́лась к стене́ и захрапе́ла, а Васили́са приняла́сь корми́ть свою́ ку́колку.

3. *Vocabulary building. Find words in the two columns that have similar roots. What could the words in column two mean? What part of speech are*

the words in column two?

царь	благословéнный
супрýга (*spouse*)	стрáшный
роди́тели	цáрство
хорошó	купчи́ха
страх (*fear, terror*)	роди́тельский
благослови́ть (*to bless*)	супрýжество
купéц (*merchant*)	горя́щий
горéть (*to burn [be burning]*)	хорошéть

4. Бáба-ягá говори́т Васили́се «мнóго бýдешь знать, скóро состарéешься». Что э́то знáчит? Есть ли подóбные англи́йские выражéния?

Вопрóсы для обсуждéния

1. Каки́х скáзочных герои́нь вы знáете? Опиши́те однý из них.
2. Вспóмните, каки́ми оби́чно бывáют вéдьмы в скáзках? В каки́х домáх они́ живýт?

Васили́са Прекрáсная

В нéкотором цáрстве жи́л-бы́л купéц. Двенáдцать лет жил он в супрýжестве и прижи́л тóлько однý дочь, Васили́су Прекрáсную. Когдá мать скончáлась, дéвочке бы́ло вóсемь лет. Умирáя, купчи́ха призвалá к себé дóчку, вы́нула из-под одея́ла кýклу, отдалá ей и сказáла:

- Слýшай, Васили́сушка! Пóмни и испóлни послéдние мои́ словá. Я умирáю и вмéсте с роди́тельским благословéнием оставля́ю тебé вот э́ту кýклу; береги́ её всегдá при себé и никомý не покáзывай; а когдá приключи́тся тебé какóе гóре, дай ей поéсть и спроси́ у неё совéта. Покýшает она и скáжет тебé, чем помóчь несчáстью.

Затéм мать поцеловáла дóчку и померлá.

Пóсле смéрти жены́ купéц потужи́л, как слéдовало, а потóм стал дýмать, как бы опя́ть жени́ться. Он был человéк хорóший; за невéстами дéло не стáло, но бóльше всех по нрáву пришлáсь емý однá вдóвушка. Онá былá ужé в летáх, имéла свои́х двух дочерéй, почти́ однолéток Васили́се, - стáло быть, и хозя́йка, и мать óпытная. Купéц жени́лся на вдóвушке, но обманýлся и не нашёл в ней дóброй мáтери для своéй Васили́сы. Васили́са былá пéрвая на всё селó красáвица; мáчеха и сёстры зави́довали её красотé, мýчили её всевозмóжными рабóтами, чтоб онá от трудóв похудéла, а от вéтру и сóлнца почернéла; совсéм житья́ нé было!

Васили́са всё переноси́ла безрóпотно и с кáждым днём всё хорошéла и полнéла, а мéжду тем мáчеха с дóчками свои́ми худéла и дурнéла от злóсти, несмотря́ на то, что они́ всегдá сидéли сложá рýки, как бáрыни. Как же э́то так дéлалось? Васили́се помогáла её кýколка. Без э́того где бы дéвочке слáдить со всéю рабóтою! Затó Васили́са самá, бывáло, не съест, а уж кýколке остáвит сáмый лáкомый кусóчек, и вéчером, как все уля́гутся, онá запрётся в чулáнчике, где жилá, и пóтчует её, пригавáривая:

- На, кýколка, покýшай, моегó гóря послýшай! Живý в дóме у бáтюшки, не ви́жу себé никакóй рáдости; злáя мáчеха гóнит меня́ с бе́лого све́та. Научи́ ты меня́, как мне быть и жить и что де́лать?

Ку́колка поку́шает, да пото́м даёт ей сове́ты и утеша́ет в го́ре, а нау́тро вся́кую рабо́ту справля́ет за Васили́су; та то́лько отдыха́ет в холодо́чке да рвёт цвето́чки, а у неё уж и гря́ды вы́полоты, и капу́ста поли́та, и вода́ нано́шена, и печь вы́топлена. Ку́колка ещё ука́жет Васили́се и тра́вку от зага́ра. Хорошо́ бы́ло ей жить с ку́колкой.

Прошло́ не́сколько лет; Васили́са вы́росла и ста́ла неве́стой. Все женихи́ в го́роде присва́тываются к Васили́се; на ма́чехиных дочере́й никто́ и не посмо́трит. Ма́чеха зли́тся пу́ще пре́жнего и всем жениха́м отвеча́ет:

- Не вы́дам меньшо́й пре́жде ста́рших!

А проводя́ женихо́в, побо́ями вымеща́ет зло на Васили́се.

Вот одна́жды купцу́ пона́добилось уе́хать и́з дому на до́лгое вре́мя по торго́вым дела́м. Ма́чеха и перешла́ на житьё в друго́й дом, а во́зле э́того до́ма был дрему́чий лес, а в лесу́ на поля́не стоя́ла избу́шка, а в избу́шке жила́ Ба́ба-яга́; никого́ она́ к себе́ не подпуска́ла и е́ла люде́й, как цыпля́т. Перебра́вшись на новосе́лье, купчи́ха то и де́ло посыла́ла за чем-нибу́дь в лес ненави́стную ей Васили́су, но э́та всегда́ возвраща́лась домо́й благополу́чно: ку́колка ука́зывала ей доро́гу и не подпуска́ла к избу́шке Ба́бы-яги́.

Пришла́ о́сень. Ма́чеха раздала́ всем трём де́вушкам вече́рние рабо́ты: одну́ заста́вила кружева́ плести́, другу́ю чулки́ вяза́ть, а Васили́су прясть, и всем по уро́кам. Погаси́ла ого́нь во всём до́ме, оста́вила то́лько одну́ све́чку там, где рабо́тали де́вушки, и сама́ легла́ спать. Де́вушки рабо́тали. Вот нагоре́ло на све́чке; одна́ из ма́чехиных дочере́й взяла́ щипцы́, чтоб попра́вить свети́льню, да вме́сто того́, по прика́зу ма́тери, как бу́дто нечя́янно и потуши́ла све́чку.

- Что тепе́рь нам де́лать? - говори́ли де́вушки. - Огня́ нет в це́лом до́ме, а уро́ки на́ши не ко́нчены. На́до сбе́гать за огнём к Ба́бе-яге́!

- Мне от була́вок светло́! - сказа́ла та, что плела́ кру́жево. - Я не пойду́.

- И я не пойду́, - сказа́ла та, что вяза́ла чуло́к, - мне от спиц светло́!

- Тебе́ за огнём идти́, - закрича́ли о́бе. - Ступа́й к Ба́бе-яге́!

И вы́толкали Васили́су из го́рницы.

Васили́са пошла́ в свой чула́нчик, поста́вила пе́ред ку́клою пригото́вленный у́жин и сказа́ла:

- На, ку́колка, поку́шай да моего́ го́ря послу́шай: меня́ посыла́ют за огнём к Ба́бе-яге́; Ба́ба-яга́ съест меня́!

Ку́колка пое́ла, и глаза́ её заблесте́ли, как две све́чки.

- Не бо́йся, Васили́сушка! - сказа́ла она́. - Ступа́й, куда́ посыла́ют, то́лько меня́ держи́ всегда́ при себе́. При мне ничего́ не ста́нется с тобо́й у Ба́бы-яги́.

Васили́са собрала́сь, положи́ла ку́колку свою́ в карма́н и, перекрести́вшись, пошла́ в дрему́чий лес.

1.1 Что ма́ма дала́ Васили́се пе́ред сме́ртью?

1.2 Почему́ ма́чеха и её до́чери зави́дуют Васили́се?

1.3 Почему́ расска́зчик говори́т о Васили́се, что «хорошо́ бы́ло ей жить с ку́колкой»?

1.4 Куда́ посыла́ют Васили́су? За чем?

Идёт она́ и дрожи́т. Вдруг ска́чет ми́мо её вса́дник: сам бе́лый, оде́т в бе́лом, конь под ним бе́лый, и сбру́я на коне́ бе́лая, - на дворе́ ста́ло рассвета́ть.

Идёт она́ да́льше, как ска́чет друго́й вса́дник: сам кра́сный, оде́т в кра́сном и на кра́сном коне́, - ста́ло всходи́ть со́лнце.

Васили́са прошла́ всю ночь и весь день, то́лько к сле́дующему ве́черу вы́шла на поля́нку, где стоя́ла избу́шка Ба́бы-яги́; забо́р вокру́г избы́ из челове́чьих косте́й, на забо́ре торча́т черепа́ людски́е с глаза́ми; вме́сто вере́й у воро́т - но́ги челове́чьи, вме́сто запо́ров - ру́ки, вме́сто замка́ - рот с о́стрыми зуба́ми. Васили́са обомле́ла от у́жаса и ста́ла как вко́панная. Вдруг е́дет опя́ть вса́дник: сам чёрный, оде́т во всём чёрном и на чёрном коне́; подскака́л к воро́там Ба́бы-яги́ и исче́з, как сквозь зе́млю провали́лся, - наста́ла ночь. Но темнота́ продолжа́лась недо́лго: у всех черепо́в на забо́ре засвети́лись глаза́, и на всей поля́не ста́ло светло́, как среди́ дня. Васили́са дрожа́ла со стра́ху, но, не зна́я, куда́ бежа́ть, остава́лась на ме́сте.

Ско́ро послы́шался в лесу́ стра́шный шум: дере́вья треща́ли, сухи́е ли́стья хрусте́ли; вы́ехала и́з лесу Ба́ба-яга́ - в сту́пе е́дет, песто́м погоня́ет, помело́м след замета́ет. Подъе́хала к воро́там, останови́лась и, обню́хав вокру́г себя́, закрича́ла:

- Фу, фу! Ру́сским ду́хом па́хнет! Кто здесь?

Васили́са подошла́ к стару́хе со стра́хом и, ни́зко поклоня́сь, сказа́ла:

- Это я, ба́бушка! Ма́чехины до́чери присла́ли меня́ за огнём к тебе́.

- Хорошо́, - сказа́ла Ба́ба-яга́, - зна́ю я их, поживи́ ты наперёд да порабо́тай у меня́, тогда́ и дам тебе́ огня́; а коли нет, так я тебя́ съем!

Пото́м обрати́лась к воро́там и вскри́кнула:

- Эй, запо́ры мои кре́пкие, отомкни́тесь; воро́та мои́ широ́кие отвори́тесь!

Воро́та отвори́лись, а Ба́ба-яга́ въе́хала, посви́стывая, за не́ю вошла́ Васили́са, а пото́м всё заперло́сь.

Войдя́ в го́рницу, Ба́ба-яга́ растяну́лась и говори́т Васили́се:

- Подава́й-ка сюда́, что́ там есть в печи́: я есть хочу́.

Васили́са зажгла́ лучи́ну от тех черепо́в, что на забо́ре, и начала́ таска́ть из пе́чки да подава́ть Ба́бе-яге́ ку́шанье, а ку́шанья настря́пано бы́ло челове́к на де́сять; из по́греба принесла́ она́ ква́су, мёду, пи́ва и вина́. Всё съе́ла, всё вы́пила стару́ха; Васили́се оста́вила то́лько щец немно́жко, краю́шку хле́ба да кусо́чек порося́тины. Ста́ла Ба́ба-яга́ спать ложи́ться и говори́т:

- Когда́ за́втра я уе́ду, ты смотри́ - двор вы́чисти, и́збу вы́мети, обе́д состря́пай, бельё пригото́вь да пойди́ в за́кром, возьми́ че́тверть пшени́цы и очи́сть её от черну́шки. Да чтоб всё бы́ло сде́лано, а не то - съем тебя́!

По́сле тако́го нака́за Ба́ба-яга́ захрапе́ла; а Васили́са поста́вила стару́хины объе́дки пе́ред ку́клою, залила́сь слеза́ми и говори́ла:

- На, ку́колка, поку́шай, моего́ го́ря послу́шай! Тяжёлую дала́ мне Ба́ба-яга́ рабо́ту и грози́тся съесть меня́, коли всего́ не испо́лню; помоги́ мне!

Ку́кла отве́тила:

- Не бо́йся, Васили́са Прекра́сная! Поу́жинай, помоли́ся да спать ложи́ся; у́тро мудрене́й ве́чера!

2.1 Опиши́те дом Ба́бы-яги́. Почему́ Васили́са испуга́лась, когда́ его́ уви́дела?

2.2 На чём е́здит Ба́ба-яга́? На чём е́здят ве́дьмы в други́х ска́зках?

2.3 Что ест Ба́ба-яга́? Ско́лько она́ ест и пьёт? А Васили́са?

2.4 Почему́ Васили́са пла́кала?

Ра́но просну́лась Васили́са, а Ба́ба-яга́ уже́ вста́ла, вы́глянула в окно́: у черепо́в глаза́ потуха́ют; вот мелькну́л бе́лый вса́дник - и совсе́м рассвело́. Ба́ба-яга́ вы́шла на двор, сви́стнула - пе́ред ней яви́лась сту́па с песто́м и помело́м. Промелькну́л кра́сный вса́дник - взошло́ со́лнце. Ба́ба-яга́ се́ла в сту́пу и вы́ехала со двора́, песто́м погоня́ет, помело́м след замета́ет. Оста́лась Васили́са одна́, осмотре́ла дом Ба́бы-яги́, подиви́лась изоби́лью во всём и останови́лась в разду́мье: за каку́ю рабо́ту ей пре́жде всего́ приня́ться. Гляди́т, а вся рабо́та уже́ сде́лана; ку́колка выбира́ла из пшени́цы после́дние зёрна черну́шки.

- Ах ты, избави́тельница моя́! - сказа́ла Васили́са ку́колке. - Ты от беды́ меня́ спасла́.

- Тебе́ оста́лось то́лько обе́д состря́пать, - отвеча́ла ку́колка, влеза́я в карма́н Васили́сы. - Состря́пай с бо́гом, да и отдыха́й на здоро́вье!

К ве́черу Васили́са собрала́ на стол и ждёт Ба́бу-ягу́. На́чало смерка́ться, мелькну́л за воро́тами чёрный вса́дник - и совсе́м стемне́ло; то́лько свети́лись глаза́ у черепо́в. Затреща́ли дере́вья, захрусте́ли ли́стья - е́дет Ба́ба-яга́. Васили́са встре́тила её.

- Всё ли сде́лано? - спра́шивает Ба́ба-яга́.

- Изво́ль посмотре́ть сама́, ба́бушка! - мо́лвила Васили́са.

Ба́ба-яга́ всё осмотре́ла, подоса́довала, что не́ за что рассерди́ться, и сказа́ла:

- Ну, хорошо́!

Пото́м кри́кнула:

- Ве́рные мои́ слу́ги, серде́чные дру́ги, смели́те мою́ пшени́цу!

Яви́лись три па́ры рук, схвати́ли пшени́цу и унесли́ вон из глаз. Ба́ба-яга́ нае́лась, ста́ла ложи́ться спать и опя́ть дала́ прика́з Васили́се:

- За́втра сде́лай ты то́ же, что и ны́нче, да сверх того́ возьми́ из за́крома мак да очи́сти его́ от земли́ по зёрнышку, вишь, кто-то по зло́бе земли́ в него́ намеша́л!

Сказа́ла стару́ха, поверну́лась к стене́ и захрапе́ла, а Васили́са приняла́сь корми́ть свою́ ку́колку. Ку́колка пое́ла и сказа́ла ей по-вчера́шнему:

- Моли́сь бо́гу да ложи́сь спать: у́тро ве́чера мудрене́е, всё бу́дет сде́лано, Васили́сушка!

Нау́тро Ба́ба-яга́ опя́ть уе́хала в сту́пе со двора́, а Васили́са с ку́колкой всю рабо́ту то́тчас испра́вили. Стару́ха вороти́лась, огляде́ла всё и кри́кнула:

- Ве́рные мои́ слу́ги, серде́чные дру́ги, вы́жмите из ма́ку ма́сло!

Яви́лись три па́ры рук, схвати́ли мак и унесли́ из глаз. Ба́ба-яга́ се́ла обе́дать; она́ ест, а Васили́са стои́т мо́лча.

- Что́ же ты ничего́ не говори́шь со мно́ю? - сказа́ла Ба́ба-яга́. - Стои́шь как нема́я?

- Не сме́ла, - отвеча́ла Васили́са, - а е́сли позво́лишь, то мне хоте́лось бы спроси́ть тебя́ кой о чём.

- Спра́шивай; то́лько не вся́кий вопро́с к добру́ ведёт: мно́го бу́дешь знать, ско́ро состаре́ешься!

- Я хочу́ спроси́ть тебя́, ба́бушка, то́лько о том, что ви́дела: когда́ я шла к тебе́, меня́ обогна́л вса́дник на бе́лом коне́, сам бе́лый и в бе́лой оде́жде: кто он тако́й?

- Это день мой я́сный, - отвеча́ла Ба́ба-яга́.

- Пото́м обогна́л меня́ друго́й вса́дник на кра́сном коне́, сам кра́сный и весь в кра́сном оде́т; э́то кто тако́й?

- Это моё со́лнышко кра́сное! - отвеча́ла Ба́ба-яга́.

- А что зна́чит чёрный вса́дник, кото́рый обогна́л меня́ у са́мых твои́х воро́т, ба́бушка?

- Это ночь моя́ тёмная - всё мои́ слу́ги ве́рные!

Васили́са вспо́мнила о трёх па́рах рук и молча́ла.

- Что́ же ты ещё не спра́шиваешь? - мо́лвила Ба́ба-яга́.

- Бу́дет с меня́ и э́того; сама́ же ты, ба́бушка, сказа́ла, что мно́го узна́ешь - состаре́ешься.

- Хорошо́, - сказа́ла Ба́ба-яга́, - что ты спра́шиваешь то́лько о том, что вида́ла за дворо́м, а не во дворе́! Я не люблю́, чтоб у меня́ сор из избы́ выноси́ли, и сли́шком любопы́тных ем! Тепе́рь я тебя́ спрошу́: как успева́ешь ты исполня́ть рабо́ту, кото́рую я задаю́ тебе́?

- Мне помога́ет благослове́ние мое́й ма́тери, - отвеча́ла Васили́са.

- Так во́т что! Убира́йся же ты от меня́, благослове́нная до́чка! Не ну́жно мне благослове́нных.

Вы́тащила она́ Васили́су из го́рницы и вы́толкала за воро́та, сняла́ с забо́ра оди́н че́реп с горя́щими глаза́ми и, наткну́в на па́лку, отдала́ ей и сказа́ла:

- Вот тебе́ ого́нь для ма́чехиных до́чек, возьми́ его́; они́ ведь за э́тим тебя́ сюда́ и присла́ли.

3.1 Как вы ду́маете, куда́ е́дет Ба́ба-яга́ ка́ждое у́тро? Что она́ там де́лает?

3.2 О чём Васили́са спра́шивает Ба́бу-ягу́?

3.3 Кто таки́е три вса́дника, кото́рых ви́дела Васили́са?

3.4 Почему́ Ба́ба-яга́ не лю́бит благослове́нных?

Бего́м пусти́лась Васили́са при све́те че́репа, кото́рый пога́с то́лько с наступле́нием у́тра, и наконе́ц к ве́черу друго́го дня добрала́сь до своего́ до́ма. Подходя́ к воро́там, она́ хоте́ла бы́ло бро́сить че́реп: «ве́рно, до́ма, - ду́мает себе́, - уж бо́льше в огне́ не нужда́ются». Но вдруг послы́шался глухо́й го́лос из че́репа:

- Не броса́й меня́, неси́ к ма́чехе!

Она́ взгляну́ла на дом ма́чехи и, не ви́дя ни в одно́м окне́ огонька́, реши́лась идти́ туда́ с че́репом. Впервы́е встре́тили её ла́сково и рассказа́ли, что с той поры́, как она́ ушла́, у них не́ было в до́ме огня́: са́ми вы́сечь ника́к не могли́, а кото́рый ого́нь приноси́ли от сосе́дей - тот погаса́л, как то́лько входи́ли с ним в го́рницу.

- Аво́сь твой ого́нь бу́дет держа́ться! - сказа́ла ма́чеха.

Внесли́ че́реп в го́рницу; а глаза́ у че́репа так и глядя́т на ма́чеху и её дочере́й, так и жгут! Те бы́ло пря́таться, но куда́ не бро́сятся, глаза́ всю́ду за ни́ми так и следя́т; к утру́ совсе́м сожгло́ их в у́голь; одно́й Васили́сы не тро́нуло.

Поутру́ Васили́са зары́ла че́реп в зе́млю, заперла́ дом на замо́к, пошла́ в го́род и попроси́лась на житьё к одно́й безро́дной стару́шке; живёт себе́ и поджида́ет отца́. Вот как-то говори́т она́ стару́шке:

- Ску́чно мне сиде́ть без де́ла, ба́бушка! Сходи́, купи́ мне льну са́мого лу́чшего; я хоть прясть бу́ду.

Стару́шка купи́ла льну хоро́шего; Васили́са се́ла за де́ло, рабо́та так и гори́т у неё, и пря́жа выхо́дит ро́вная да то́нкая, как волосо́к. Набрало́сь пря́жи мно́го; пора́ бы и за тканьё принима́ться, да таки́х бёрд не найду́т, что́бы годи́лись на Васили́сину пря́жу; никто не берётся и сде́лать-то. Васили́са ста́ла проси́ть свою́ ку́колку, та и говори́т:

- Принеси́-ка мне како́е-нибудь ста́рое бёдро, да ста́рый челно́к, да лошади́ной гри́вы; я всё тебе́ смастерю́.

Васили́са добыла́ всё, что на́до, и легла́ спать, а ку́кла за́ ночь пригото́вила сла́вный стан. К концу́ зимы́ и полотно́ вы́ткано, да тако́е то́нкое, что сквозь иглу́ вме́сто ни́тки проде́ть мо́жно. Весно́ю полотно́ вы́белили, и Васили́са говори́т стару́хе:

- Прода́й, ба́бушка, э́то полотно́, а де́ньги возьми́ себе́.

Стару́ха взгляну́ла на това́р и а́хнула:

- Нет, ди́тятко! Тако́го полотна́, кро́ме царя́, носи́ть не́кому; понесу́ во дворе́ц.

Пошла́ стару́ха к ца́рским пала́там да всё ми́мо о́кон поха́живает. Царь уви́дел и спроси́л:

- Что тебе́, стару́шка, на́добно?

- Ва́ше ца́рское вели́чество, - отвеча́ет стару́ха, - я принесла́ дико́винный това́р; никому́, кро́ме тебя́, показа́ть не хочу́.

Царь приказа́л впусти́ть к себе́ стару́ху и как уви́дел полотно́ - вздивова́лся.

- Что хо́чешь за него́? - спроси́л царь.

- Ему́ цены́ нет, царь-ба́тюшка! Я тебе́ в дар его́ принесла́.

Поблагодари́л царь и отпусти́л стару́ху с пода́рками.

Ста́ли царю́ из того́ полотна́ соро́чки шить; скрои́ли, да нигде́ не могли́ найти́ швеи́, кото́рая взяла́сь бы их рабо́тать. До́лго иска́ли; наконе́ц царь позва́л стару́ху и сказа́л:

- Уме́ла ты напря́сть и сотка́ть полотно́, уме́й из него́ и соро́чки сшить.

- Не я, госуда́рь, пряла́ и соткала́ полотно́, - сказа́ла стару́ха, - э́то рабо́та приёмыша моего́ - де́вушки.

- Ну так пусть и сошьёт она́!

Вороти́лась стару́шка домо́й и рассказа́ла обо всём Васили́се.

- Я зна́ла, - говори́т ей Васили́са, - что э́та рабо́та мои́х рук не мину́ет.

Заперла́сь в свою́ го́рницу, приняла́сь за рабо́ту; ши́ла она́ не подкла́дываючи рук, и ско́ро дю́жина соро́чек была́ гото́ва.

Стару́ха понесла́ к царю́ соро́чки, а Васили́са умы́лась, причеса́лась, оде́лась и се́ла под окно́м. Сиди́т себе́ и ждёт, что́ бу́дет. Ви́дит: на двор к стару́хе идёт ца́рский слуга́; вошёл в го́рницу и говори́т:

- Царь-госуда́рь хо́чет ви́деть иску́сницу, что рабо́тала ему́ соро́чки, и награди́ть её из свои́х ца́рских рук.

Пошла́ Васили́са и яви́лась перед о́чи ца́рские. Как уви́дел царь Васили́су Прекра́сную, так и влюби́лся в неё без па́мяти.

- Нет, говори́т он, - краса́вица моя́! Не расста́нусь я с тобо́ю; ты бу́дешь мое́й жено́ю.

Тут взял Васили́су за бе́лые ру́ки, посади́л её по́дле себя́, а там и сва́дебку сыгра́ли. Ско́ро вороти́лся и оте́ц Васили́сы, пора́довался об её судьбе́ и оста́лся жить при до́чери. Стару́шку Васили́са взяла́ к себе́, а ку́колку по коне́ц жи́зни свое́й всегда́ носи́ла в карма́не.

4.1 Почему́ Ба́ба-яга́ даёт Васили́се че́реп?

4.2 Что происхо́дит с э́тим че́репом?

4.3 Чем занима́ется Васили́са пока́ ждёт отца́?

4.4 Кому́ стару́ха прино́сит полотно́?

4.5 Ско́лько она́ про́сит за него́?

4.6 Что Васили́са сши́ла царю́?

4.7 Как вы ду́маете, почему́ царь влюби́лся в Васили́су как то́лько уви́дел её?

По́сле чте́ния

Упражне́ния

1. Нарису́йте избу́шку Ба́бы-яги́.

2. Предста́вьте себе́, что вы ма́чеха Васили́сы Прекра́сной. Вы то́лько что посла́ли Васили́су к Ба́бе-яге́ за огнём. Напиши́те письмо́ му́жу и объясни́те ему́, что случи́лось с его́ до́черью.

О культу́ре

1. *Pick 6-8 material objects or verbs associated with Vasilisa's daily routine. What do these objects tell us about the culture that created this story?*

Ска́зка об Ива́не-царе́виче, жар-пти́це и о се́ром во́лке

Пе́ред чте́нием

Упражне́ния

1. *Prince Ivan is a common fairy tale hero. Make a list of six adjectives that you feel should apply to the hero of a fairy tale. Be sure to save this list, because you'll need it again after you've read the tale.*

2. *Quickly scan the tale and find the names of as many characters* (персона́жи) *as you can. Based on what you know about fairy tales, do you think these characters will be positive* (положи́тельный), *negative* (отрица́тельный), *or neutral* (нейтра́льный)*? Place the characters you find into one of these three categories.*

положи́тельный	отрица́тельный	нейтра́льный

3. *You will frequently encounter short-form adjectives in fairy tales. Look at the following passages, underline the short-form adjectives, and translate the passages into English.*

   Это перо́ бы́ло так чу́дно и светло́, что е́жели принести́ его́ в тёмную го́рницу, то оно́ так сия́ло, как бы в том поко́е бы́ло зажжено́ вели́кое мно́жество свеч.

   Ты ещё мо́лод и к тако́му да́льнему и тру́дному пути́ непривы́чен; заче́м тебе́ от меня́ отлуча́ться?

   А в чи́стом по́ле стои́т столб, а на столбу́ напи́саны э́ти слова́: «Кто пое́дет от столба́ сего́ пря́мо, тот бу́дет го́лоден и хо́лоден; пое́дет в пра́вую сто́рону, тот бу́дет здрав и жив, а конь его́ бу́дет мёртв; а кто пое́дет в ле́вую сто́рону, тот сам бу́дет уби́т, а конь его́ жив и здрав оста́нется».

4. *Fairy tales often use rare or older words that have more common variants. From the context try to figure out the meaning of the underlined*

words, replace them with a more common form, then translate the phrase into English. Possible more common forms are given below.

о́чень	уви́дела	молодо́й
слы́шал	сказа́л	уви́дела
рассерди́лся	е́сли	тюрьма́

Дми́трий-царе́вич ... засну́л и не слыха́л, как та жар-пти́ца прилете́ла и я́блок весьма́ мно́го ощипа́ла.

Ты жар-пти́цу возьми́, а золоту́ю кле́тку не тро́гай; е́жели кле́тку возьмёшь, то тебе́ отту́да не уйти́ бу́дет: тебя́ то́тчас пойма́ют!

Ох ты гой еси́, младо́й ю́ноша, Ива́н-царе́вич! - мо́лвил ему́ се́рый волк. - Для чего́ ты сло́ва моего́ не слу́шался и взял золоту́ю кле́тку?

Ива́н-царе́вич вошёл в пала́ты, и как ско́ро Еле́на Прекра́сная увида́ла его́, то́тчас вы́скочила из-за стола́ . . .

Царь Высла́в весьма́ осерди́лся на Дми́трия и Васи́лия-царе́вичей и посади́л их в темни́цу;

5. *Vocabulary building. Find words in the two columns that have similar roots. What could the words in column two mean? What part of speech are the words in column two?*

я́блоко	придво́рный
люби́ть	живо́й
жить	я́блоня
ка́мень	объяви́ть
двор	златогри́вый
слу́жба	люби́мый
вина́	винова́тый
гри́ва	служи́ть
объявле́ние	ка́менный

Вопро́сы для обсужде́ния

1. У вас есть ста́ршие бра́тья и́ли сёстры? Как вы отно́ситесь друг к дру́гу? У Ива́на-царе́вича два ста́рших бра́та. Как вы ду́маете, каки́е у них отноше́ния?

Ска́зка об Ива́не-царе́виче, жар-пти́це и о се́ром во́лке

В не́котором ца́рстве, в не́котором госуда́рстве жи́л-бы́л царь, по и́мени Высла́в Андро́нович. У него́ бы́ло три сы́на-царе́вича: пе́рвый - Дми́трий-царе́вич, друго́й - Васи́лий-царе́вич, а тре́тий - Иван-царе́вич.

У того́ царя́ Высла́ва Андро́новича был сад тако́й бога́тый, что ни в кото́ром госуда́рстве лу́чше того́ не́ было; в том саду́ росли́ ра́зные дороги́е дере́вья с плода́ми и без плодо́в, и была́ у царя́ одна́ я́блоня люби́мая, и на той я́блоне росли́ я́блочки все золоты́е.

Пова́дилась к царю́ Высла́ву в сад лета́ть жар-пти́ца; на ней пе́рья золоты́е, а глаза́ восто́чному хруста́лю подо́бны. Лета́ла она́ в тот сад ка́ждую ночь и сади́лась на люби́мую Высла́ва-царя́ я́блоню, срыва́ла с неё золоты́е я́блочки и опя́ть улета́ла.

Царь Высла́в Андро́нович весьма́ круши́лся о той я́блоне, что жар-пти́ца мно́го я́блок с неё сорва́ла; почему́ призва́л к себе́ трёх свои́х сынове́й и сказа́л им:

- Де́ти мои́ любе́зные! Кто из вас мо́жет пойма́ть в моём саду́ жар-пти́цу? Кто изло́вит её живу́ю, тому́ ещё при жи́зни мое́й отда́м полови́ну ца́рства, а по сме́рти и всё.

Тогда́ де́ти его́ царе́вичи возопи́ли единогла́сно:

- Ми́лостивый госуда́рь-ба́тюшка, ва́ше ца́рское вели́чество! Мы с вели́кою ра́достью бу́дем стара́ться пойма́ть жар-пти́цу живу́ю.

На пе́рвую ночь пошёл карау́лить в сад Дми́трий-царе́вич и, усе́вшись под ту я́блоню, с кото́рой жар-пти́ца я́блочки срыва́ла, засну́л и не слыха́л, как та жар-пти́ца прилете́ла и я́блок весьма́ мно́го ощипа́ла.

Поутру́ царь Высла́в Андро́нович призва́л к себе́ своего́ сы́на Дми́трия-царе́вича и спроси́л:

- Что́, сын мой любе́зный, ви́дел ли ты жар-пти́цу и́ли нет?

Он роди́телю своему́ отвеча́л:

- Нет, ми́лостивый госуда́рь-ба́тюшка! Она́ э́ту ночь не прилета́ла.

В другу́ю ночь пошёл в сад карау́лить жар-пти́цу Васи́лий-царе́вич. Он сел под ту же я́блоню и, си́дя час и друго́й но́чи, засну́л так кре́пко, что не слыха́л, как жар-пти́ца прилете́ла и я́блочки щипа́ла.

Поутру́ царь Высла́в призва́л его́ к себе́ и спра́шивал:

- Что́, сын мой любе́зный, ви́дел ли ты жар-пти́цу или нет?

- Ми́лостивый госуда́рь-ба́тюшка! Она́ э́ту ночь не прилета́ла.

На тре́тью ночь пошёл в сад карау́лить Ива́н-царе́вич и сел под ту же я́блоню; сиди́т он час, друго́й и тре́тий - вдруг освети́ло весь сад так, как бы он мно́гими огня́ми освещён был: прилете́ла жар-пти́ца, се́ла на я́блоню и начала́ щипа́ть я́блочки.

Ива́н-царе́вич подкра́лся к ней так иску́сно, что ухвати́л её за хвост; одна́ко не мог её удержа́ть: жар-пти́ца вы́рвалась и полете́ла, и оста́лось у Ива́на-царе́вича в руке́ то́лько одно́ перо́ из хвоста́, за кото́рое он весьма́ кре́пко держа́лся.

Поутру́, лишь то́лько царь Высла́в от сна пробуди́лся, Ива́н-царе́вич пошёл к нему́ и о́тдал ему́ пёрышко жар-пти́цы.

Царь Высла́в весьма́ был обра́дован, что меньшо́му его́ сы́ну удало́сь хотя́ одно́ перо́ доста́ть от жар-пти́цы.

Это перо́ бы́ло так чу́дно и светло́, что е́жели принести́ его́ в тёмную го́рницу, то оно́ так сия́ло, как бы в том поко́е бы́ло зажжено́ вели́кое мно́жество свече́й. Царь Высла́в положи́л то пёрышко в свой кабине́т как таку́ю вещь, кото́рая должна́ ве́чно храни́ться. С тех пор жар-пти́ца не лета́ла уже́ в сад.

1.1 Почему́ царь Высла́в хо́чет пойма́ть жар-пти́цу?

1.2 Пойма́л ли её кто-нибу́дь?

1.3 Почему́ она́ называ́ется жар-пти́цей?

1.4 Почему́ жар-пти́ца переста́ла лета́ть к царю́ в сад?

Царь Высла́в опя́ть призва́л к себе́ дете́й свои́х и говори́л им:

- Де́ти мои́ любе́зные! Поезжа́йте, я даю́ вам своё благослове́ние, отыщи́те жар-пти́цу и привези́те ко мне живу́ю; а что́ пре́жде я обеща́л, то, коне́чно, полу́чит тот, кто жар-пти́цу ко мне привезёт.

Дми́трий и Васи́лий-царе́вичи на́чали име́ть зло́бу на меньшо́го своего́ бра́та Ива́на-царе́вича, что ему́ удало́сь вы́дернуть у жар-пти́цы из хвоста́ перо́; взя́ли они́ от отца́ благослове́ние и пое́хали дво́е оты́скивать жар-пти́цу.

А Ива́н-царе́вич та́кже на́чал у роди́теля своего́ проси́ть на то благослове́ния. Царь Высла́в сказа́л ему́:

- Сын мой любе́зный, ча́до моё ми́лое! Ты ещё мо́лод и к тако́му да́льнему и тру́дному пути́ непривы́чен; заче́м тебе́ от меня́ отлуча́ться? Ведь бра́тья твои́ и так пое́хали. Ну, е́жели и ты от меня́ уе́дешь, и вы все тро́е до́лго не возврати́тесь? Я уже́ при ста́рости и хожу́ под Бо́гом; е́жели во вре́мя отлу́чки ва́шей Госпо́дь Бог отни́мет мою́ жизнь, то кто вме́сто меня́ бу́дет управля́ть мои́м ца́рством? Тогда́ мо́жет сде́латься бунт или несогла́сие ме́жду на́шим наро́дом, а уня́ть бу́дет не́кому; и́ли неприя́тель под на́ши о́бласти подсту́пит, а управля́ть войска́ми на́шими бу́дет не́кому.

Одна́ко ско́лько царь Высла́в ни стара́лся уде́рживать Ива́на-царе́вича, но ника́к не мог не отпусти́ть его́, по его́ неотсту́пной про́сьбе. Ива́н-царе́вич взял у роди́теля своего́ благослове́ние, вы́брал себе́ коня́, и пое́хал в путь, и е́хал, сам не зна́я, куда е́дет.

Едучи путём-доро́гою, бли́зко ли, далеко́ ли, ни́зко ли, высоко́ ли, ско́ро ска́зка ска́зывается, да не ско́ро де́ло де́лается, наконе́ц прие́хал он в чи́стое по́ле, в зелёные луга́. А в чи́стом по́ле стои́т столб, а на столбу́ напи́саны э́ти слова́: «Кто пое́дет от столба́ сего́ пря́мо, тот бу́дет го́лоден и хо́лоден; пое́дет в пра́вую сто́рону, тот бу́дет здрав и жив, а конь его́ бу́дет мёртв; а кто пое́дет в ле́вую сто́рону, тот сам бу́дет уби́т, а конь его́ жив и здрав оста́нется».

Ива́н-царе́вич прочёл э́ту на́дпись и пое́хал в пра́вую сто́рону, держа́ на уме́: хотя́ конь его́ и уби́т бу́дет, зато́ сам жив оста́нется и со вре́менем мо́жет доста́ть себе́ друго́го коня́.

Он е́хал день, друго́й и тре́тий - вдруг вы́шел ему́ навстре́чу пребольшо́й се́рый волк и сказа́л:

- Ох ты гой еси́, младо́й ю́ноша, Ива́н-царе́вич! Ведь ты чита́л, на столбе́ напи́сано, что конь твой бу́дет мёртв; так заче́м сюда́ е́дешь?

Волк вы́молвил э́ти слова́, разорва́л коня́ Ива́на-царе́вича на́двое и пошёл прочь в сто́рону.

Ива́н-царе́вич сокруша́лся по своему́ коню́, запла́кал го́рько и пошёл пе́ший.

Он шёл це́лый день и уста́л нechа́занно и то́лько что хоте́л присе́сть отдохну́ть, вдруг нагна́л его́ се́рый волк и сказа́л ему́:

- Жаль мне тебя́, Ива́н-царе́вич, что ты пеш изнури́лся; жаль мне и того́, что я зае́л твоего́ до́брого коня́. Добро́! Сади́сь на меня́, на се́рого во́лка, и скажи́, куда́ тебя́ везти́ и заче́м?

Ива́н-царе́вич сказа́л се́рому во́лку куда́ ему́ е́хать на́добно; и се́рый волк помча́лся с ним пу́ще коня́ и че́рез не́которое вре́мя как раз но́чью привёз Ива́на-царе́вича к ка́менной стене́ не о́чень высо́кой, останови́лся и сказа́л:

- Ну, Ива́н-царе́вич, слеза́й с меня́, с се́рого во́лка, и полеза́й че́рез э́ту ка́менную сте́ну; тут за стено́ю сад, а в том саду́ жар-пти́ца сиди́т в золото́й кле́тке. Ты жар-пти́цу возьми́, а золоту́ю кле́тку не тро́гай; е́жели кле́тку возьмёшь, то тебе́ отту́да не уйти́ бу́дет: тебя́ то́тчас пойма́ют!

Ива́н-царе́вич переле́з че́рез ка́менную сте́ну в сад, уви́дел жар-пти́цу в золото́й кле́тке и о́чень на неё прельсти́лся. Вы́нул пти́цу из кле́тки и пошёл наза́д, да пото́м оду́мался и сказа́л сам себе́:

- Что я взял жар-пти́цу без кле́тки, куда́ я её посажу́?

Вороти́лся и лишь то́лько снял золоту́ю кле́тку - то вдруг пошёл стук и гром по всему́ са́ду, и́бо к той золото́й кле́тке бы́ли стру́ны приведены́. Карау́льные то́тчас просну́лись, прибежа́ли в сад, пойма́ли Ива́на-царе́вича с жар-пти́цею и привели́ к своему́ царю́, кото́рого зва́ли Долма́том.

2.1 О чём царь Высла́в про́сит свои́х ста́рших сынове́й? Почему́ он не хо́чет отпусти́ть Ива́на-царе́вича?

2.2 Куда́ бы вы пое́хали, е́сли бы вы бы́ли Ива́ном-царе́вичем: нале́во, напра́во, и́ли пря́мо? Почему́?

2.3 Почему́ волк верну́лся к Ива́ну-царе́вичу?

2.4 Что волк сове́тует Ива́ну-царе́вичу, когда́ дое́хали до ка́менной стены́?

2.5 Что сде́лал Ива́н-царе́вич по́сле того́, как переле́з че́рез ка́менную сте́ну?

2.6 Послу́шался ли Ива́н-царе́вич преупрежде́ния во́лка? Что случи́лось вслед за э́тим?

Царь Долма́т весьма́ разгнева́лся на Ива́на-царе́вича и вскрича́л на него́ гро́мким и серди́тым го́лосом:

- Как не сты́дно тебе́, младо́й ю́ноша, ворова́ть! Да кто ты тако́в, и кото́рой земли́, и како́го отца́ сын, и как тебя́ по и́мени зову́т?

Ива́н-царе́вич ему́ мо́лвил:

- Я есмь из ца́рства Высла́вова, сын царя́ Высла́ва Андро́новича, а зову́т меня́ Ива́н-царе́вич. Твоя́ жар-пти́ца пова́дилась к нам лета́ть в сад по вся́кую ночь, и срыва́ла с люби́мой отца́ моего́ я́блони золоты́е я́блочки, и почти́ всё де́рево испо́ртила; для того́ посла́л меня́ мой роди́тель, что́бы сыска́ть жар-пти́цу и к нему́ привезти́.

- Ох ты, младо́й ю́ноша, Ива́н-царе́вич, - мо́лвил царь Долма́т, - приго́же ли так де́лать, как ты сде́лал? Ты бы пришёл ко мне, я бы тебе́ жар-пти́цу че́стию о́тдал; а тепе́рь хорошо́ ли бу́дет, когда́ я разошлю́ во все госуда́рства о тебе́ объяви́ть, как ты в моём госуда́рстве нече́стно поступи́л? Одна́ко слу́шай, Ива́н-царе́вич! Ежели ты сослу́жишь мне слу́жбу - съе́здишь за три́девятьземе́ль, в тридеся́тое государство, и достанешь мне от царя Афрона коня златогривого, то я тебя в твоей вине прощу и жар-птицу тебе с великою честью отдам; а ежели не сослужишь этой службы, то дам о тебе знать во все государства, что ты нечестный вор.

Иван-царевич пошёл от царя Долмата в великой печали, обещая ему достать коня златогривого.

Пришёл он к серому волку и рассказал ему обо всём, что ему царь Долмат говорил.

- Ох ты гой еси, младой юноша, Иван-царевич! - молвил ему серый волк. - Для чего ты слова моего не слушался и взял золотую клетку?

- Виноват я перед тобою, сказал волку Иван-царевич.

- Добро, быть так! - молвил серый волк. - Садись на меня, на серого волка; я тебя свезу, куда тебе надобно.

Иван-царевич сел серому волку на спину; а волк побежал так скоро, как стрела, и бежал он долго ли, коротко ли, наконец приежал в государство царя Афрона ночью.

И, пришедши к белокаменным царским конюшням, серый волк Ивану-царевичу сказал:

- Ступай, Иван-царевич, в эти белокаменные конюшни (теперь караульные конюхи все крепко спят!) и бери ты коня златогривого. Только тут на стене висит золотая узда, ты её не бери, а то худо тебе будет.

Иван-царевич, вступя в белокаменные конюшни, взял коня и пошёл было назад; но увидел на стене золотую узду и так на неё прельстился, что снял её с гвоздя, и только что снял - как вдруг пошёл гром и шум по всем конюшням, потому что к той узде были струны приведены. Караульные конюхи тотчас проснулись, прибежали, Ивана-царевича поймали и повели к царю Афрону.

Царь Афрон начал его спрашивать:

- Ох гой ты еси, младой юноша! Скажи мне, из которого ты государства, и которого отца сын, и как тебя по имени зовут?

На то отвечал ему Иван-царевич:

- Я сам из царства Выслава, сын царя Выслава Андроновича, а зовут меня Иваном-царевичем.

- Ох ты, младой юноша, Иван-царевич! - сказал ему царь Афрон. - Честного ли рыцаря это дело, которое ты сделал? Ты бы пришёл ко мне, я бы тебе коня златогривого с честию отдал. А теперь хорошо ли тебе будет, когда я разошлю во все государства объявить, как ты нечестно в моём государстве поступил? Однако слушай, Иван-царевич! Ежели ты сослужишь мне службу - съездишь за тридевять земель, в тридесятое государство, и достанешь мне королевну Елену Прекрасную, в которую я давно и душою и сердцем влюбился, а достать не могу, то я тебе эту вину прощу и коня златогривого с золотою уздою честно отдам. А ежели этой службы мне не сослужишь, то я о тебе дам знать во все государства, что ты нечестный вор, и пропишу всё, как ты в моём государстве дурно сделал.

Тогда Иван-царевич обещался царю Афрону королевну Елену Прекрасную достать, а сам пошёл из палат его и горько заплакал.

Пришёл к серому волку и рассказал всё, что с ним случилось.

- Ох ты гой еси, младой юноша, Иван-царевич! - молвил ему серый волк. - Для чего ты слова моего не слушался и взял золотую узду?

- Виновáт я перед тобóю, - сказáл вóлку Ивáн-царéвич.

- Добрó, быть так! - продолжáл сéрый волк, - Сади́сь на меня́, на сéрого вóлка; я тебя́ свезу́, кудá тебé нáдобно.

Ивáн-царéвич сел сéрому вóлку нá спину; а волк побежáл так скóро, как стрелá, и бежáл он, как бы в скáзке сказáть, недóлгое врéмя и, наконéц, прибежáл в госудáрство королéвны Елéны Прекрáсной.

И, пришéдши к золотóй решётке, котóрая окружáла чудéсный сад, волк сказáл Ивáну-царéвичу:

- Ну, Ивáн-царéвич, слезáй тепéрь с меня́, с сéрого вóлка, и ступáй назáд по тóй же дорóге, по котóрой мы сюдá пришли́, и ожидáй меня́ в чи́стом пóле под зелёным ду́бом.

Ивáн-царéвич пошёл, кудá ему́ вéлено. Сéрый же волк сел близ той золотóй решётки и дожидáлся, поку́да пойдёт прогуля́ться в сад королéвна Елéна Прекрáсная.

3.1 Что Ивáну нáдо сдéлать, чтóбы царь Долмáт прости́л егó?

3.2 Почему́ поймáли Ивáна-царéвича, когдá он брал коня́ златогри́вого?

3.3 Когó хóчет достáть царь Афрóн? Почему́?

3.4 Почему́ сéрый волк приказáл Ивáну-царéвичу, чтóбы тот ждал егó в чи́стом пóле под зелёным ду́бом?

К вéчеру, когдá сóлнышко стáло опускáться к зáпаду, почему́ и в вóздухе бы́ло не óчень жáрко, королéвна Елéна Прекрáсная пошлá в сад прогу́ливаться со свои́ми ня́нюшками и с придвóрными боя́рынями. Когдá онá вошлá в сад и подходи́ла к тому́ мéсту, где сéрый волк сидéл за решёткою, - вдруг сéрый волк перескочи́л чéрез решётку в сад и ухвати́л королéвну Елéну Прекрáсную, перескочи́л назáд и побежáл с нéю что есть си́лы-мóчи.

Прибежáл в чи́стое пóле под зелёный дуб, где егó Ивáн-царéвич дожидáлся, и сказáл ему́:

- Ивáн-царéвич, сади́сь поскорée на меня́, на сéрого вóлка!

Ивáн-царéвич сел на негó, а сéрый волк помчáл их обóих к госудáрству царя́ Афрóна.

Ня́ньки, и мáмки, и все боя́рыни придвóрные, котóрые гуля́ли в саду́ с прекрáсною королéвною Елéною, побежáли тóтчас во дворéц и послáли в погóню, чтоб догнáть сéрого вóлка; однáко скóлько гонцы́ ни гнáлись, не могли́ нагнáть и вороти́лись назáд.

Ивáн-царéвич, си́дя на сéром вóлке вмéсте с прекрáсною королéвною Елéною, возлюби́л её сéрдцем, а онá Ивáна-царéвича; и когдá сéрый волк прибежáл в госудáрство царя́ Афрóна и Ивáну-царéвичу нáдобно бы́ло отвести́ прекрáсную королéвну Елéну во дворéц и отдáть царю́, тогдá царéвич весьмá запечáлился и нáчал слёзно плáкать.

Сéрый волк спроси́л егó:

- О чём ты плáчешь, Ивáн-царéвич?

На тó ему́ Ивáн-царéвич отвечáл:

- Друг мой, сéрый волк! Как мне, дóброму мóлодцу, не плáкать и не круши́ться? Я сéрдцем возлюби́л прекрáсную королéвну Елéну, а тепéрь дóлжен отдáть её царю́ Афрóну за коня́ златогри́вого, а éжели её не отдáм, то царь Афрóн обесчéстит меня́ во всех госудáрствах.

- Служи́л я тебé мнóго, Ивáн-царéвич, - сказáл сéрый волк, - сослужу́ и э́ту слу́жбу. Слу́шай, Ивáн-царéвич: я сдéлаюсь прекрáсной королéвной Елéной, и ты меня́ отведи́ к царю́ Афрóну и возьми́ коня́ златогри́вого; он меня́ почтёт за настоя́щую королéвну. И когда́ ты ся́дешь на коня́ златогри́вого и уéдешь далекó, тогда́ я вы́прошусь у царя́ Афрóна в чи́стое пóле погуля́ть; и как он меня́ отпу́стит с ня́нюшками, и с ма́мушками, и со всéми придвóрными боя́рынями и бу́ду с ни́ми в чи́стом пóле, тогда́ ты меня́ вспомяни́ - и я опя́ть у тебя́ бу́ду.

Сéрый волк вы́молвил э́ти рéчи, уда́рился о сыру́ю зéмлю - и стал прекра́сною королéвною Елéною, так что ника́к и узна́ть нельзя́, чтоб то не она́ была́.

Ива́н-царéвич взял сéрого вóлка, пошёл во дворéц к царю́ Афрóну, а прекра́сной королéвне Елéне велéл дожида́ться за́ городом.

Когда́ Ива́н-царéвич пришёл к царю́ Афрóну с мни́мою Елéною Прекра́сною, то царь óчень возра́довался в сéрдце своём, что получи́л такóе сокрóвище, котóрого он давнó жела́л. Он при́нял лóжную королéвну, а коня́ златогри́вого вручи́л Ива́ну-царéвичу.

Ива́н-царéвич сел на тогó коня́ и вы́ехал за́ город; посади́л с собóю Елéну Прекра́сную и поéхал, держа́ путь к госуда́рству царя́ Долма́та.

Сéрый же волк живёт у царя́ Афрóна день, другóй и трéтий вмéсто прекра́сной королéвны Елéны, а на четвёртый день пришёл к царю́ Афрóну проси́ться в чи́стом пóле погуля́ть, чтоб разби́ть тоску́-печа́ль лю́тую. Как возговори́л ему́ царь Афрóн:

- Ах, прекра́сная моя́ королéвна Елéна! Я для тебя́ всё сдéлаю, отпущу́ тебя́ в чи́стое пóле погуля́ть.

И тóтчас приказа́л ня́нюшкам, и ма́мушкам, и всем придвóрным боя́рыням с прекра́сною королéвною идти́ в чи́стое пóле гуля́ть.

Ива́н же царéвич éхал путём-дорóгою с Елéною Прекра́сною, разгова́ривал с нéю и забы́л про сéрого вóлка; да потóм вспóмнил:

- Ах, где-то мой сéрый волк?

Вдруг отку́да ни взя́лся - стал он пéред Ива́ном-царéвичем и сказа́л ему́:

- Сади́сь, Ива́н-царéвич, на меня́, на сéрого вóлка, а прекра́сная королéвна пусть éдет на конé златогри́вом.

4.1 Как сéрому вóлку удалóсь доста́ть Елéну Прекра́сную?

4.2 Почему́ Ива́н-царéвич не хóчет отда́ть её царю́ Афрóну?

4.3 Как сéрый волк помога́ет ему́?

Ива́н-царéвич сел на сéрого вóлка, и поéхали они́ в госуда́рство царя́ Долма́та. Ехали они́ дóлго ли, кóротко ли и, доéхав до тогó госуда́рства, за три версты́ от гóрода останови́лись. Ива́н-царéвич на́чал проси́ть сéрого вóлка:

- Слу́шай ты, друг мой любéзный, сéрый волк! Сослужи́л ты мне мнóго служб, сослужи́ мне и послéднюю, а слу́жба твоя́ бу́дет вот кака́я: не мóжешь ли ты обороти́ться в коня́ златогри́вого намéсто э́того, потому́ что с э́тим златогри́вым конём мне расста́ться не хóчется.

Вдруг сéрый волк уда́рился о сыру́ю зéмлю - и стал конём златогри́вым.

Ива́н-царéвич, оста́вя прекра́сную королéвну Елéну в зелёном лугу́, сел на се́рого во́лка и пое́хал во дворе́ц к царю́ Долма́ту.

И как ско́ро туда́ прие́хал, царь Долма́т уви́дел Ива́на-царе́вича, что е́дет он на коне́ златогри́вом, весьма́ обра́довался, то́тчас вы́шел из пала́т свои́х, встре́тил царе́вича на широ́ком дворе́, поцелова́л его́ в уста́ са́харные, взял его́ за пра́вую ру́ку и повёл в пала́ты белока́менные.

Царь Долма́т для тако́й ра́дости веле́л сотвори́ть пир, и они́ се́ли за столы́ дубо́вые, за ска́терти бра́ные; пи́ли, е́ли, забавля́лись и весели́лись ро́вно два дня, а на тре́тий день царь Долма́т вручи́л Ива́ну-царе́вичу жар-пти́цу с золото́ю клё́ткою.

Царе́вич взял жар-пти́цу, пошёл за́ город, сел на коня́ златогри́вого вме́сте с прекра́сною короле́вной Еле́ною и пое́хал в своё оте́чество, в госуда́рство царя́ Высла́ва Андро́новича.

Царь же Долма́т взду́мал на друго́й день своего́ коня́ златогри́вого объе́здить в чи́стом по́ле; веле́л его́ оседла́ть, пото́м сел на него́ и пое́хал в чи́стое по́ле; и лишь то́лько разъяри́л коня́, как он сбро́сил с себя́ царя́ Долма́та и, оборотя́сь по-пре́жнему в се́рого во́лка, побежа́л и нагна́л Ива́на-царе́вича.

- Ива́н-царе́вич! - сказа́л он. - Сади́сь на меня́, на се́рого во́лка, а короле́вна Еле́на Прекра́сная пусть е́дет на коне́ златогри́вом.

Ива́н-царе́вич сел на се́рого во́лка, и пое́хали они́ в путь. Как ско́ро довёз се́рый волк Ива́на-царе́вича до тех мест, где его́ коня́ разорва́л, он останови́лся и сказа́л:

- Ну, Ива́н-царе́вич, послужи́л я тебе́ дово́льно ве́рою и пра́вдою. Вот на э́том ме́сте разорва́л я твоего́ коня́ на́двое, до э́того ме́ста и довёз тебя́. Слеза́й с меня́, с се́рого во́лка, тепе́рь есть у тебя́ конь златогри́вый, так ты сядь на него́ и поезжа́й, куда́ тебе́ на́добно; а я тебе́ бо́льше не слуга́.

Се́рый волк вы́молвил э́ти слова́ и побежа́л в сто́рону; а Ива́н-царе́вич запла́кал го́рько по се́ром во́лке и пое́хал в путь свой с прекра́сною короле́вною.

До́лго ли, ко́ротко ли е́хал он с прекра́сною короле́вною Еле́ною на коне́ златогри́вом и, не дое́хав до своего́ госуда́рства за два́дцать вёрст, останови́лся, слез с коня́ и вме́сте с прекра́сною короле́вною лёг отдохну́ть от со́лнечного зно́я под де́ревом; коня́ златогри́вого привяза́л к тому́ же де́реву, а клё́тку с жар-пти́цею поста́вил по́дле себя́.

Лёжа на мя́гкой траве́ и ведя́ разгово́ры полюбо́вные, они́ кре́пко усну́ли.

В то са́мое вре́мя бра́тья Ива́на-царе́вича, Дми́трий и Васи́лий-царе́вичи, е́здя по ра́зным госуда́рствам и не найдя́ жар-пти́цы, возвраща́лись в своё оте́чество с поро́жними рука́ми; неча́янно нае́хали они́ на своего́ со́нного бра́та Ива́на-царе́вича с прекра́сною короле́вною Еле́ною.

5.1 Как волк обма́нывает царя́ Долма́та?

5.2 Ра́ды ли бра́тья, что повстреча́ли своего́ бра́та Ива́на?

5.3 Как вы ду́маете, чем ко́нчится э́та ска́зка?

Уви́дя на траве́ коня́ златогри́вого и жар-пти́цу в золото́й клё́тке, весьма́ на них прельсти́лись и взду́мали бра́та своего́ Ива́на-царе́вича уби́ть до́ смерти.

Дми́трий-царе́вич вы́нул из ножо́н меч свой, заколо́л Ива́на-царе́вича и изруби́л его́ на ме́лкие ча́сти; пото́м разбуди́л прекра́сную короле́вну Еле́ну и на́чал её спра́шивать:

- Прекра́сная де́вица! Кото́рого ты госуда́рства, а како́го отца́ дочь, и как тебя́ по и́мени зову́т?

Прекра́сная короле́вна Еле́на, уви́дя Ива́на-царе́вича мёртвого, кре́пко испуга́лась, ста́ла пла́кать го́рькими слеза́ми и во слеза́х говори́ла:

- Я короле́вна Еле́на Прекра́сная, а доста́л меня́ Ива́н-царе́вич, кото́рого вы злой сме́рти пре́дали. Вы тогда́ б бы́ли до́брые ры́цари, е́сли б вы́ехали с ним в чи́стое по́ле да живо́го победи́ли, а то уби́ли со́нного и тем каку́ю себе́ похвалу́ полу́чите? Со́нный челове́к - что мёртвый!

Тогда́ Дми́трий-царе́вич приложи́л свой меч к се́рдцу прекра́сной короле́вны Еле́ны и сказа́л ей:

- Слу́шай, Еле́на Прекра́сная! Ты тепе́рь в на́ших рука́х; мы повезём тебя́ к на́шему ба́тюшке, царю́ Высла́ву Андро́новичу, и ты скажи́ ему́, что мы и тебя́ доста́ли, и жар-пти́цу, и коня́ златогри́вого. Ежели э́того не ска́жешь, сейча́с тебя́ сме́рти преда́м!

Прекра́сная короле́вна Еле́на, испуга́вшись сме́рти, обеща́лась им и кляла́сь все́ю святы́нею, что бу́дет говори́ть так, как ей ве́лено.

Тогда́ Дми́трий-царе́вич с Васи́лием-царе́вичем на́чали мета́ть жре́бий, кому́ доста́нется прекра́сная короле́вна Еле́на и кому́ конь златогри́вый? И жре́бий пал, что прекра́сная короле́вна должна́ доста́ться Васи́лию-царе́вичу, а конь златогри́вый Дми́трию-царе́вичу.

Тогда́ Васи́лий-царе́вич взял прекра́сную короле́вну Еле́ну, посади́л на своего́ до́брого коня́, а Дми́трий-царе́вич сел на коня́ златогри́вого и взял жар-пти́цу, что́бы вручи́ть её роди́телю своему́, царю́ Высла́ву Андро́новичу, и пое́хали в путь.

Ива́н-царе́вич лежа́л мёртв на том ме́сте ро́вно три́дцать дней, и в то вре́мя набежа́л на него́ се́рый волк и узна́л по ду́ху Ива́на-царе́вича. Захоте́л помо́чь ему́ - оживи́ть, да не знал, как э́то сде́лать.

В то са́мое вре́мя уви́дел се́рый волк одного́ во́рона и двух вороня́т, кото́рые лета́ли над тру́пом и хоте́ли спусти́ться на зе́млю и нае́сться мя́са Ива́на-царе́вича. Се́рый волк спря́тался за куст, и как ско́ро вороня́та спусти́лись на зе́млю и на́чали есть те́ло Ива́на-царе́вича, он вы́скочил из-за куста́, схвати́л одного́ воронёнка и хоте́л бы́ло разорва́ть его́ на́двое. Тогда́ во́рон спусти́лся на зе́млю, сел по́одаль от се́рого во́лка и сказа́л ему́:

- Ох ты гой еси́, се́рый волк! Не тро́гай моего́ мла́дшего де́тища; ведь он тебе́ ничего́ не сде́лал.

- Слу́шай, во́рон вороно́вич! - мо́лвил се́рый волк. - Я твоего́ де́тища не тро́ну и отпущу́ здра́ва и невреди́ма, когда́ ты мне сослу́жишь слу́жбу: слета́ешь за три́девять земе́ль, в тридеся́тое госуда́рство, и принесёшь мне мёртвой и живо́й воды́.

На то во́рон вороно́вич сказа́л се́рому во́лку:

- Я тебе́ слу́жбу э́ту сослужу́, то́лько не тронь ниче́м моего́ сы́на.

Вы́говоря э́ти слова́, во́рон полете́л и ско́ро скры́лся и́з виду.

На тре́тий день во́рон прилете́л и принёс с собо́й два пузырька́: в одно́м - жива́я вода́, в друго́м - мёртвая, и о́тдал э́ти пузырьки́ се́рому во́лку.

Се́рый волк взял пузырьки́, разорва́л воронёнка на́двое, спры́снул его́ мёртвою водо́ю - и тот воронёнок сро́сся, спры́снул живо́ю водо́ю -

воронёнок встрепенулся и полетел. Потóм сéрый волк спрыснул Ивáна-царéвича мёртвою водóю - егó тéло сросло́сь, спрыснул живóю водóю - Ивáн-царéвич встал и промóлвил:

- Ах, как я дóлго спал!

На то сказáл емý сéрый волк:

- Да, Ивáн-царéвич, спать бы тебé вéчно, кабы не я; ведь тебя́ брáтья твои́ изруби́ли и прекрáсную королéвну Елéну, и коня́ златогри́вого, и жар-пти́цу увезли́ с собóю. Тепéрь поспешáй как мóжно скорéе в своё отéчество; брат твой, Васи́лий-царéвич, жéнится сегóдня на твоéй невéсте - на прекрáсной королéвне Елéне. А чтоб тебé поскорéе тудá поспéть, сади́сь лýчше на меня́, на сéрого вóлка; я тебя́ на себé донесý.

Ивáн-царéвич сел на сéрого вóлка, волк побежáл с ним в госудáрство царя́ Вы́слава Андрóновича и дóлго ли, кóротко ли, - прибежáл к гóроду.

Ивáн-царéвич слез с сéрого вóлка, пошёл в гóрод и, пришéдши во дворéц, застáл, что брат егó Васи́лий-царéвич жéнится на прекрáсной королéвне Елéне: вороти́лся с нéю от венцá и сиди́т за столóм.

Ивáн-царéвич вошёл в палáты, и как скóро Елéна Прекрáсная увидáла егó, тóтчас вы́скочила из-за столá, началá целовáть егó в устá сáхарные и закричáла:

- Вот мой любéзный жени́х, Ивáн-царéвич, а не тот злодéй, котóрый за столóм сиди́т!

Тогдá царь Выслáв Андрóнович встал с мéста и нáчал прекрáсную королéвну Елéну спрáшивать, что бы такóе то знáчило, о чём она говори́ла? Елéна Прекрáсная рассказáла емý всю и́стинную прáвду, что и как бы́ло: как Ивáн-царéвич добы́л её, коня́ златогри́вого и жар-пти́цу, как стáршие брáтья уби́ли егó сóнного дó смерти и как стращáли её, чтоб говори́ла, бýдто всё э́то они́ достáли.

Царь Выслáв весьмá осерди́лся на Дми́трия и Васи́лия-царéвичей и посади́л их в темни́цу; а Ивáн-царéвич жени́лся на прекрáсной королéвне Елéне и нáчал с нéю жить дрýжно, полюбóвно, так что оди́н без другóго ни́же еди́ной минýты пробы́ть не могли́.

6.1 Что случи́лось с Иваном-царéвичем, когда брáтья нашли́ егó сóнного?

6.2 Почемý Дми́трий и Васи́лий уби́ли своегó брáта Ивáна?

6.3 Почемý Елéна не считáет их «дóбрыми ры́царями»?

6.4 За какóй водóй посылáет волк вóрона? Почемý?

6.5 Как он оживи́л э́той водóй Ивáна?

6.6 Знал ли Ивáн-царéвич, что он был уби́т?

6.7 Чем кончáется э́та сказка?

По́сле чте́ния

Упражне́ния

1. *Look at your list of adjectives describing the hero of a fairy tale. How many of these apply to Prince Ivan? Are there any others you need to add?*

2. Опиши́те Ива́на-царе́вича с то́чки зре́ния се́рого во́лка.

3. Предста́вьте себе́, что вы журнали́ст в ца́рстве царя́ Афро́на (и́ли царя́ Долма́та). Напиши́те газе́тную статью́ об Ива́не-царе́виче и его́ приключе́ниях в ва́шей стране́.

4. Нарису́йте карти́нку, на кото́рой Ива́н-царе́вич реша́ет куда́ ему́ е́хать: нале́во, пря́мо, и́ли напра́во. Посмотри́те на карти́ну Ви́ктора Васнецо́ва «Ви́тязь на распу́тье» (1882). Сравни́те ва́шу рабо́ту с его́ карти́ной. Как Васнецо́в изобрази́л э́ту сце́ну?

Вопро́сы для обсужде́ния

1. Кто гла́вный геро́й э́той ска́зки: Иван, се́рый волк, и́ли Еле́на Прекра́сная? Почему́?

2. Как по-вашему, Ива́н-царе́вич - положи́тельный геро́й?

3. Какова́ мора́ль э́той ска́зки?

Notes

The notes below are organized by section of the tale in which they appear. Each Russian phrase is followed by a more or less literal English translation and then by a more natural-sounding rendition if necessary. Grammar explanations are also included when needed.

Лиса́ и рак

Дава́й с тобо́й перегоня́ться. *Let's race.* The standard Russian phrase for "to race" is бежа́ть наперегонки́.

Что́ ж, лиса́, дава́й! *Fine, let's!*

вертну́ла хвосто́м: *turned its tail*

Лиса́ и жура́вль

у кого́-то: *at someone's house*

звать его́ в го́сти: *to invite him to come visit.*

Ка́ша съе́дена; лиси́ца говори́т:

- Не бессу́дь, любе́зный кум! Бо́льше по́тчевать не́чем.

The kasha was eaten; the fox says:

*- Don't complain, dear godfather (*in this case, *fellow godparent)! There is nothing else / I have nothing else to treat you to.*

На друго́й день: *on the next day.*

Не ле́зет голова́ в кувши́н. *His head won't fit in the jug.*

Зимо́вье звере́й

Шёл бык ле́сом: *A bull was going through the forest.* A location in the instrumental case indicates motion through or along the location.

Как же, бра́тцы-това́рищи? *Well, my friends, what do you think? (what should we do?).*

Ну, дава́йте и́збу стро́ить: *Well, let's build a hut.*

А по мне́ хоть каки́е моро́зы - я не бою́сь: *As for me, no matter what kind of cold there is, I'm not afraid*

на́до одному́ хлопота́ть: *he alone has to worry about it.*

Зимо́вье звере́й, часть 2

де́лать не́чего: *there was nothing (else) for him to do.*

тебе́ же бу́дет холодне́е: *you will be colder.*

«Дай пущу́, а то, пожа́луй, и меня́ заморо́зит» *I had better let him in, or else he'll probably freeze me as well.*

У вас по два крыла́: *You each have two wings.*

Что де́лать быку́? *What could the bull do?*

Лиса́ подняла́сь на хи́трости: *The fox resorted to tricks*

Что́ она́ так до́лго с петухо́м не мо́жет упра́виться? *Why is it taking her so long to "take care" of the rooster?* The question word что́ is often used in the sense of "why."

Бе́лая у́точка

Говоря́т, век обня́вшись не проси́де́ть. *They say that you can't sit and hug for a whole century*

высо́ка те́рема: *the tall tower.* This phrase is in the genitive case: высо́ка is a short form of the masculine genitive adjective высо́кого.

Что́, - говори́т, - ты скуча́ешь? *Why are you bored?* (why are you not doing anything?). The question word что́ is often used in the sense of "why."

То́лько щено́к вя́кнул: *As soon as the puppy barked.* Here то́лько is used in the sense of как то́лько.

вы́вела де́точек, двух хоро́ших, а тре́тьего замо́рышка: *she gave birth to two healthy children and a third, a puny one.*

ста́ли они́ по ре́чке ходи́ть, зла́ту ры́бу лови́ть: *they started to swim along the river and catch golden fish.* The verb стать is often used in the sense of "to start."

The adjective злáту is an accusative short-form. Its modern equivalent would be золотýю.

Бéлая ýточка, часть 2

а замóрышка, чтоб не застуди́ть, приказáла им мать в пáзушке носи́ть: *the mother ordered them to carry the puny one in their bosom so that he wouldn't catch cold*

Чтó же э́то всё оди́н гóлос? *Why is it all / always one voice?*

Поймáйте мне бéлую ýточку! *Catch me the white duck.* The dative мне is used in the sense of "for me" here.

Стань бéлая берёза у меня́ позади́, а крáсная дéвица впереди́! *White birch tree stand behind me, and fair maiden stand before me!*

Тóтчас поймáли сорóку, повязáли ей два пузырькá, велéли в оди́н набрáть воды́ живя́щей, в другóй говоря́щей. *They immediately caught a magpie, tied two little bladders to it, and ordered (it) to fill one with living water and the other with speaking water.*

Царéвна-лягýшка

В стáрые гóды: *in old years, long ago, in ancient times*

Вот, когдá сыновья́ стáли на вóзрасте: *Now, when his sons came of age*

покýда я ещё не стар, мне охóта бы вас жени́ть: *while I am still not old, I would like to marry you off.*

Вóт что, сынки́, возьми́те по стрелé: *Here's what you should do, my sons: each take an arrow*

Возьми́ меня́ зáмуж! *Take me as your wife!*

Чтó ты: *What are you saying?* An expression of disbelief, short for Чтó ты говори́шь?

Дéлать нéчего: *there was nothing (else) for him to do.*

котóрая из вáших жён: *which of your wives*

Пускáй сошью́т к зáвтрему по рубáшке. *Let them each sew a shirt for tomorrow.* More common forms with this same meaning are на завтра and к зáвтрашнему дню

Чтó, Ивáн царéвич, гóлову повéсил? *Why, Prince Ivan, are you hanging your head?* The question word чтó is often used in the sense of "why."

ýтро вéчера мудренée: *the morning is wiser than the evening.* A common Russian saying implying that one should think (and rest) a little before acting, similar to the expression "let's sleep on it."

обернýлась Васили́сой Премýдрой, такóй красáвицей, что и в скáзке не расскáжешь: *she turned into Vasilisa the Wise, such a beauty, that you couldn't describe her even in a fairy tale.*

Эту рубáшку в чёрной избé носи́ть. *One should wear this shirt (only) in a black peasant hut.* А чёрная избá is a type of peasant hut that did not have an internal chimney—the smoke was released directly into the hut and made the walls and roof black as it exited through a hole in the roof or the open door. The Tsar's point is that the shirt is suitable for wearing in only the poorest of houses.

Ивáн-царéвич развернýл рубáшку, изукрáшенную злáтом-серебрóм, хи́трыми узóрами. *The Tsar unwrapped the shirt, which was decorated with gold and silver, and intricate patterns.*

Ну, вот э́то рубáшка - в прáздник её надевáть. *Now this is a shirt—it should be worn on holidays.*

Царéвна-лягýшка, часть 2

Замеси́ла квашню́, печь свéрху разломáла да пря́мо тудá, в дырý, всю квашню́ и опроки́нула. *She kneaded the dough, smashed a hole in the stove from the top, and dumped the entire tub of dough directly into the hole.*

ни́же плеч гóлову повéсил: *He hung his head lower than his shoulders* (ни́же + *gen.*)

Как услы́шишь стук да гром, не пугáйся. Спрóсят тебя́, скажи́: «Это моя́ лягушóнка в коробчóнке éдет». *When you hear knocking and thunder, don't be afraid. They will ask you, you say "That's my little frog coming in a little box."*

Чтó же ты без жены́ пришёл? Хоть бы в платóчке её принёс. *Why did you come without your wife? You could have at least brought her in a handkerchief.*

золочёная карéта о шести́ бéлых лошадя́х: *a six-horse gilded carriage.* The preposition о with the prepositional case.

давáй то же дéлать*: started to do the same*

всем на ди́во: *all wondered at it* (the Princess-Frog's dancing)

однá кость царю́ в глаз попáла: *one bone went into the Tsar's eye / hit the Tsar in the eye.*

Ищи́ меня́ за три́девять земéль, в тридеся́том цáрстве, у Кощéя Бессмéртного... *Look for me in the thrice-ninth land, in the thrice-tenth kingdom of Koshchei the Immortal.*

Шёл он бли́зко ли, далекó ли, дóлго ли, кóротко ли. . . *Whether he walked near or far, for a long time or a short time. . .* Standard indication of the passing of time during a journey in fairy tales.

Что и́щешь, кудá путь дéржишь? *What are you looking for, where are you headed?*

Не ты её надéл, не тебé её бы́ло снимáть. *You weren't the one who put it on, it wasn't up to you to take it off.*

Царéвна-лягу́шка, часть 3

А медвéдь говори́т ему́ человéческим гóлосом: *And the bear says to him in a human voice*

Там стои́т избу́шка на ку́рьих нóжках, кругóм себя́ поворáчивается. *There stands a hut on chicken legs that turns around.*

Избу́шка, избу́шка, стань по-стáрому, как мать постáвила: к лéсу зáдом, ко мне пéредом. *Hut, hut, stand the old way, as your mother placed you: with your back to the forest and your front to me.*

Бáба-ягá костянáя ногá, зу́бы - на пóлке, а нос в потолóк врос: *Baba-Yaga the bone-legged—her teeth on the shelf, her nose grown into the ceiling.*

ты бы меня́ прéжде напои́ла, накорми́ла, в бáне вы́парила, тогдá бы и спрáшивала: *you should first give me something to drink, feed me, steam me in the bathhouse, and then ask me.*

откýда не взя́лся: *from out of nowhere*

и наутёк во всю прыть: *took to its heels at full speed*

давáй у неё конéц ломáть: *started to break its tip*

Кощéевы палáты: *Koshchei's chambers*

По щу́чьему велéнью

я тебé пригожу́сь: *I will be of use to you.*

я тебé сдéлаю всё, что ни пожелáешь: *I will do for you whatever you desire.*

Запóмни мои́ словá: когдá чтó тебé захóчется - скажи́ тóлько: *Remember my words: when you want something, just say:*

По щу́чьему велéнью, часть 2

Прошлó мнóго ли, мáло ли врéмени: *whether there passed a long time or a short time*

Емéле неохóта слезáть с пéчи: *Emelia doesn't feel like climbing down from the stove.*

Да вы-то на что? *And what are you here for?*

Рáзве нáше дéло в лес за дровáми éздить? *Is it really our job to drive to the forest for firewood?*

Не нáдо мне лóшади. *I don't need a horse.* Horse here is in the genitive case, as sometimes happens in negative constructions.

на лóшади не догнáть: *you couldn't catch it on a horse*

наруби́ дрови́шек посу́ше: *chop some of the drier wood*

Потóм Емéля велéл топору́ вы́рубить себé дуби́нку - такýю, чтóбы наси́лу подня́ть. *Then Emelia ordered the ax to cut him a club—such a club that one could barely lift it.*

По щу́чьему велéнью, часть 3

А тебé на что? *What is it to you?*

наси́лу он нóги унёс: *he barely carried his legs away.* He barely escaped.

Это что за чу́до? *What kind of wonder is that?*

По щу́чьему веле́нью, часть 4

Ма́рья-царе́вна по Еме́ле скуча́ет, не мо́жет жить без него́, про́сит отца́, что́бы вы́дал он её за Еме́лю за́муж. *Princess Mariia misses Emelia and cannot live without him, and she asks her father to give her to Emelia in marriage.*

Построй какýю ни на есть избýшку *Make some kind of hut.* The tone indicates that she doesn't expect much from Emelia.

Тут она́ ста́ла его́ ещё пу́ще проси́ть: *Then she started to ask him even more.*

Это что за неве́жа без моего́ дозволе́ния на мое́й земле́ дворе́ц поста́вил? *What kind of ignoramus put a palace on my land without my permission?*

Васили́са Прекра́сная

за неве́стами де́ло не ста́ло *there was no lack of brides.*

но бо́льше всех по нра́ву пришла́сь ему́ одна́ вдо́вушка: *but most pleasing of all to him was one widow.*

Она́ была́ уже́ в лета́х: *she was already getting on in years, not young.*

Как же э́то так де́лалось? *How did it work out that way?*

Без э́того где бы де́вочке сла́дить со все́ю рабо́тою! *Without this how could the girl take care of all of the work!*

с бе́лого све́та: *from the face of the earth*

Ку́колка ещё ука́жет Васили́се и тра́вку от зага́ра: *The doll would also show Vasilisa an herb that protected one from sunburn.* The adverb ещё is here used in the sense of "in addition." The verb ука́жет is a perfective (from указа́ть) used not in the expected sense of future action, but in the sense of action that would often take place.

Васили́са вы́росла и ста́ла неве́стой: *Vasilisa grew up and became a fiancée* (i.e. she was now of a marriageable age when young men could court her; she is not actually engaged).

Ма́чеха зли́тся пу́ще пре́жнего: *The stepmother was angrier than before.*

Не вы́дам меньшо́й пре́жде ста́рших! *I won't give away the youngest one (in marriage) before the older ones!*

во́зле э́того до́ма был дрему́чий лес: *alongside this house was a dense forest.* The adjective дрему́чий, the standard fairy-tale epithet for a forest, is usually translated as "dense." It is related, however, to the verb дрема́ть "to doze, slumber," and points to the dreamlike nature of the forest in fairy tales.

всем по уро́кам: *(she gave) lessons to all of them.*

Вот нагоре́ло на све́чке: *The candle became covered with snuff.*

Тебе́ за огнём идти́, - закрича́ли обе. - Ступа́й к Ба́бе-яге́! *You are the one who has to go for the fire,—they both yelled.—Set off for Baba-Yaga's house!*

При мне ничего́ не ста́нется с тобо́й у Ба́бы-яги́. *While you are with me nothing will happen to you at Baba-Yaga's house.*

Васили́са Прекра́сная, часть 2

ста́ла как вко́панная: *she stood as if set in the ground.* She stopped dead in her tracks (unable to move).

исчéз, как сквозь зéмлю провали́лся: *he disappeared as if he had fallen through the earth* (he disappeared into thin air).

ку́шанья настря́пано бы́ло челове́к на де́сять: *the food was cooked for around ten people.* Note the inversion of the number and the noun to produce the meaning of "around ten people" - на де́сять челове́к would mean "for ten people."

у́тро мудрене́й ве́чера: *the morning is wiser than the evening.* A common Russian saying implying that one should think (and rest) a little before acting, similar to the expression "let's sleep on it."

Васили́са Прекра́сная, часть 3

за каку́ю рабо́ту ей пре́жде всего́ приня́ться: *which task she should set about doing first*

Изво́ль посмотре́ть сама́, ба́бушка! *Please look for yourself, grandmother!*

что не́ за что рассерди́ться: *that there was nothing to get angry at*

Ве́рные мои́ слу́ги, серде́чные дру́ги: *My loyal servants, my dear friends.* The standard plural of друг is друзья́.

по-вчера́шнему: *as (she had) yesterday*

Что́ же ты ничего́ не говори́шь со мно́ю? *Why aren't you saying anything to me?*

мне хоте́лось бы спроси́ть тебя́ кой о чём: *I would like to ask you about something.*

кото́рый обогна́л меня́ у са́мых твои́х воро́т: *who passed me right in front of your gate*

Бу́дет с меня́ и э́того: *That's enough for me.*

Я не люблю́, чтоб у меня́ сор из избы́ выноси́ли: *I don't like it when people carry their trash out of their hut.* Similar to the phrase "I don't like it when people wash their dirty laundry in public" (i.e. when people tell others about what they have seen and heard).

Так во́т что! *So that's it!* (that explains it!)

Васили́са Прекра́сная, часть 4

Бего́м пусти́лась Васили́са при све́те че́репа: *Vasilisa set off running by the light of the skull.*

са́ми вы́сечь ника́к не могли́: *they themselves could not start a fire.*

Аво́сь твой ого́нь бу́дет держа́ться: *Maybe your fire will stay lit.*

Те бы́ло пря́таться, но куда́ не бро́сятся, глаза́ всю́ду за ни́ми так и следя́т: *They tried to hide, but no matter where they ran, the eyes followed them everywhere.*

одно́й Васили́сы не тро́нуло: *only Vasilisa was not touched (harmed).*

Сходи́, купи́ мне льну са́мого лу́чшего; я хоть прясть бу́ду: *Go and buy me some of the the very best flax; I will at least spin (some cloth).*

да тако́е то́нкое, что сквозь иглу́ вме́сто ни́тки проде́ть мо́жно: *so thin that you could pass it through the eye of a needle instead of a thread.*

Тако́го полотна́, кро́ме царя́, носи́ть не́кому: *Nobody except for the Tsar should wear such linen.*

Ему́ цены́ нет, царь-ба́тюшка! Я тебе́ в дар его́ принесла́: *It is priceless, father Tsar! I brought it to you as a gift.*

Ну так пусть и сошьёт она́! *Well let her sew (them).*

Ска́зка об Ива́не-царе́виче, жар-пти́це и о се́ром во́лке

жил-был царь, по и́мени Высла́в Андро́нович: *there lived a Tsar by the name of Vyslav Andronovich.*

глаза́ восто́чному хруста́лю подо́бны: *eyes like eastern crystal*

ви́дел ли ты жар-пти́цу и́ли нет? *did you see the firebird or not?*

вдруг освети́ло весь сад так, как бы он мно́гими огня́ми освещён был: *suddenly the entire garden was lit up as if it were illuminated by many lights.*

Поутру́, лишь то́лько царь Высла́в от сна пробуди́лся: *Early in the morning, as soon as Tsar Vyslav woke up from his sleep.*

что меньшо́му его́ сы́ну удало́сь хотя́ одно́ перо́ доста́ть от жар-пти́цы: *that his youngest son managed to get even one feather from the firebird*

Ска́зка об Ива́не-царе́виче, жар-пти́це и о се́ром во́лке, часть 2

заче́м тебе́ от меня́ отлуча́ться? *why should you go away from me?*

Я уже́ при ста́рости и хожу́ под Бо́гом: *I am already in old age and walk under God.* You never know when you will die.

Едучи путём-доро́гою, бли́зко ли, далеко́ ли, ни́зко ли, высоко́ ли, ско́ро ска́зка ска́зывается, да не ско́ро де́ло де́лается, наконе́ц прие́хал он в чи́стое по́ле: *Riding on his way, near or far, low or high, a tale is soon told, but a deed is not soon done, finally he arrived at an open field.*

держа́ на уме́: *keeping in mind*

Ох ты гой еси́: (a greeting used in fairy tales that wishes one health).

Жаль мне тебя́, Ива́н-царе́вич: *I feel bad for you, Prince Ivan.*

то тебе́ отту́да не уйти́ бу́дет: *then you will not get out of there*

Ска́зка об Ива́не-царе́виче, жар-пти́це и о се́ром во́лке, часть 3

Как не сты́дно тебе́: *Isn't it shameful for you.* You should be ashamed!

Я есмь из ца́рства Высла́вова: *I am from the kingdom of Tsar Vyslav.*

е́жели не ослу́жишь э́той слу́жбы, то дам о тебе́ знать во все госуда́рства, что ты нече́стный вор. *if you don't do (me) this service, then I will let all governments know that you are a dishonest thief.*

волк побежа́л так ско́ро: *the wolf ran off so quickly.* Ско́ро here is used in the sense of "quickly" (= бы́стро).

Ива́н-царе́вич, вступя́ в белока́менные коню́шни, взял коня́ и пошёл бы́ло наза́д: *Prince Ivan, having entered the white-stone stables, took the horse and was about to go back.* The past-tense form бы́ло, when used with a past-tense perfective verb, indicates that the action was about to take place but for some reason did not.

Ива́н-царе́вич пошёл, куда́ ему́ ве́лено. Се́рый же волк сел близ той золото́й решётки и дожида́лся, поку́да пойдёт прогуля́ться в сад короле́вна Еле́на Прекра́сная. *Prince Ivan went where he was ordered. And the grey wolf sat down near that golden fence and waited until Princess Elena the Beautiful would go out to the garden to walk.* The же in се́рый же волк is used in folk tales to indicate a change of subject.

Ска́зка об Ива́не-царе́виче, жар-пти́це и о се́ром во́лке, часть 4

и побежа́л с не́ю что естъ си́лы-мо́чи: *and ran off with her with all of his might* (as quickly as he could).

чтоб догна́ть се́рого во́лка; одна́ко ско́лько гонцы́ ни гна́лись, не могли́ нагна́ть и вороти́лись наза́д: *in order to catch up to the grey wolf; however, no matter how much those chasing after him chased, they could not catch up to him and turned back.*

я вы́прошусь у царя́ Афро́на в чи́стое по́ле погуля́ть: *I will ask Tsar Afron to allow me to take a stroll in the open field.*

Вдруг отку́да ни взя́лся: *Suddenly out of nowhere*

Ска́зка об Ива́не-царе́виче, жар-пти́це и о се́ром во́лке, часть 5

и лишь то́лько разъяри́л коня́, как он сбро́сил с себя́ царя́ Долма́та и, оборотя́сь по-пре́жнему в се́рого во́лка, побежа́л и нагна́л Ива́на-царе́вича. *and he had no sooner spurred the horse, and he (the grey wolf) threw Tsar Dolmat off and, turning as before into the grey wolf, ran off and caught up to Prince Ivan.*

а я тебе́ бо́льше не слуга́: *I am no longer a servant to you.*

Лёжа на мя́гкой траве́ и ведя́ разгово́ры полюбо́вные, они́ кре́пко усну́ли. *Lying on the soft grass and carrying on friendly conversations, they fell asleep soundly.*

Ска́зка об Ива́не-царе́виче, жар-пти́це и о се́ром во́лке, часть 6

Прекра́сная короле́вна Еле́на, испуга́вшись сме́рти, обеща́лась им и кляла́сь все́ю святы́нею, что бу́дет говори́ть так, как ей ве́лено. *Beautiful Princess Elena, fearing death, promised and swore on all that was holy that she would speak as she had been ordered.*

Тогда́ Дми́трий-царе́вич с Васи́лием-царе́вичем на́чали мета́ть жре́бий, кому́ доста́нется прекра́сная короле́вна Еле́на и кому́ конь златогри́вый? *Then Prince Dmitrii and Prince Vasilii began to cast lots (to see) to whom beautiful Princess Elena would go and to whom the golden-maned horse (would go).*

Тепе́рь поспеша́й как мо́жно скоре́е в своё оте́чество: *Now rush as quickly as you can to your fatherland.*

пришե́дши во дворе́ц, заста́л, что брат его́ Васи́лий-царе́вич же́нится на прекра́сной короле́вне Еле́не: вороти́лся с не́ю от венца́ и сиди́т за столо́м. *having arrived at the palace he found out that his brother Prince Vasilii was marrying beautiful Princess Elena: he had returned with her from the ceremony and was sitting at a table.* Вене́ц (crown) refers to the crown placed over the heads of the man and woman during the church wedding ceremony.

как страща́ли её, чтоб говори́ла, бу́дто всё э́то они́ доста́ли: *how they threatened her so that she would say that they were the ones who obtained all of this*

так что оди́н без друго́го ниже́ еди́ной мину́ты пробы́ть не могли́: *so that one could not be without the other for more than a single minute*

Glossary

All words in the tales are listed except for pronouns. Synonyms used elsewhere in the tales are indicated by "=" followed by the synonym. Gender is shown for masculine nouns in -ь and others when necessary. Nouns that have a stem change throughout the declension are followed by the genitive singular form and other forms as needed. Nouns with variant spellings (such as хоте́нье / хоте́ние) are listed under the more common of the two. When adjectives and adverbs with the same root are used in the tales, only the adjective is listed, unless the meaning and/or stress varies between the two forms. Verbs are listed in the order imperfective / perfective when both aspects appear in the tales. Single verbs not marked as perfective (*perf.*) are imperfective. In cases where the imperfective and perfective forms are drastically different and the reader may not be able to tell under which imperfective a perfective verb is listed, the perfective receives a separate listing that refers the reader to the imperfective/perfective pair. "Regular" verbs in -ать, -еть (first conjugation) and -ить (second conjugation) have only the infinitive listed. Irregular verb forms and those with stem and stress changes will be listed in the order first-person singular, second-person singular, masculine past, feminine past, plural past.

For all words, part of speech is indicated only in cases where there is possible confusion. Words are identified as bookish, colloquial, diminutive, used only in folktales, and obsolete according to their designations in Ozhegov's *Dictionary of the Russian Language* (Слова́рь ру́сского языка́; 20th edition, 1988). While some may disagree with the category in which a particular word is placed, the main point of listing these designations in this Reader is to help students decide which words they should consider trying to master actively (those that are unmarked), which they should use with caution and the guidance of their instructor (diminutive and colloquial) and which they need only be able to recognize (bookish, obsolete, and used only in folktales). The definitions given are those most appropriate for the context(s) in which the words appear. Stresses are marked according to Ozhegov or, in a few instances, according to Vladimir Dal's *Interpretive Dictionary of the Living Great Russian Language* (Толко́вый слова́рь живо́го великору́сского языка́).

Abbreviations used:

acc. accusative
adv. adverb
book. bookish (кни́жное)
colloq. colloquial (разгово́рное)
dat. dative
dim. diminutive (уменьши́тельное)
folk. used only in folktales
(в наро́дной слове́сности)
fut. future tense
gen. genitive
imperf. imperfective
impers. impersonal
inf. infinitive
inst. instrumental
inter. interjection
intrans. intransitive
masc. masculine
neut. neuter
obs. obsolete (устаре́лое)
part. particle
perf. perfective
pl. plural
prep. prepositional
comm. command
comp. comparative
trans. transitive

А

а (а то = otherwise, or else)
аво́сь *part. colloq.* maybe, perhaps
аўкнуться *colloq. perf.* to exchange shouts of «аў!»
ах oh!
а́хнуть *perf.* to say «ах!»

Б

ба́ба peasant woman, *colloq.* woman
ба́бушка grandmother, old woman
база́р market, fair, bazaar
ба́ня bathhouse
бара́н ram (male sheep)
ба́рыня wife of a nobleman (ба́рин)
ба́тюшка *masc. obs.* father
бего́м running
беда́ (*pl.* бе́ды) trouble, misfortune
бежа́ть (бегу́, бежи́шь) / **побежа́ть** to run (бежа́ть наперегонки́ = to race)
без without (+ *gen.*)
безро́дный without relatives
безро́потно without complaint
бей *comm.* of бить
белока́менный white-stone
бе́лый white
бельё linen, laundry, underwear
бёрдо *obs.* type of comb used in weaving
бе́рег (*prep.* на берегу́, *pl.* берега́) bank (of a river), shore
бережо́к (бережка́) *dim.* bank (of a river), shore
берёза birch tree
бере́чь (берегу́, бережёшь, *past* берёг, берегла́, берегли́) to guard, protect, save
бесе́да talk, chat, conversation
бессме́ртный immortal, deathless
бить (бью, бьёшь) to beat
би́ться (бьюсь, бьёшься) to struggle
благодари́ть / поблагодари́ть to thank
благополу́чно successfully, safely
благоро́дный noble
благослове́ние blessing
благослове́нный blessed
благословля́ть / благослови́ть to bless
бли́зко nearby, near
Бог God
бога́тый rich, wealthy
бо́жий (бо́жья, бо́жье, бо́жьи) God's
бок (*pl.* бока́) side (of the body)
боло́то swamp, marsh
бо́льший larger
большо́й big, large
бо́чка barrel
боя́рский boyar, boyar's
боя́рыня wife of a boyar
боя́ться (бою́сь, бои́шься) to be afraid of, fear (+ *gen.*)
бра́ный *obs.* with woven patterns (frequently бра́ная ска́терть)
брат (*pl.* бра́тья) brother
бра́тец (бра́тца) *dim.* brother (in direct address) my friend
брать (беру́, берёшь, *past* брал, брала́, бра́ли) / **взять** (возьму́, возьмёшь, *past* взял, взяла́, взя́ли) to take
бра́ться (беру́сь, берёшься, *past* бра́лся, брала́сь, брали́сь) / **взя́ться** (возьму́сь, возьмёшься, *past* взя́лся, взяла́сь, взяли́сь) to take hold of, take (something) upon oneself
бревно́ (*pl.* брёвна) log
броса́ть / бро́сить (бро́шу, бро́сишь) to throw
бро́ситься (бро́шусь, бро́сишься) *perf.* to throw oneself, rush
бу́дто as if (also как бу́дто)
бу́йный wild, violent, stormy
була́вка pin
була́тный *obs.* of a hard st
eel (була́т) used for making blades
бунт riot, uprising
бы (also **б**) would, should
бык (быка́) bull
бы́стрый quick, fast, rapid
быт way of life, daily life
быть (*fut.* бу́ду, бу́дешь, *past* был, была́, бы́ли) to be

В

в (+ *prep.*) in, at (+ *acc.*) to a place, at a time
вали́ться (валю́сь, ва́лишься) to fall
варёный boiled
вдова́ (*pl.* вдо́вы) widow
вдо́вушка *dim.* widow
вдруг suddenly
ведро́ (*pl.* вёдра) bucket, pail
ведь *part.* after all
ве́дьма witch
везти́ (везу́, везёшь, *past* вёз, везла́, везли́) to carry, transport
век (*pl.* века́) century
веле́ние *obs.* command
веле́ть (велю́, вели́шь) to order, tell (= **прика́зывать**)
вели́кий great
велича́ться *obs.* to boast, brag
вели́чество majesty
вельмо́жа *obs. masc.* aristocrat, important person
вене́ц (венца́) crown, wreath
ве́ра faith, belief
верёвка rope, cord
вереи́ *obs.* a post on which gates hang
верну́ть *perf.* to return (something)
ве́рный faithful, loyal
верста́ (*pl.* вёрсты) verst, old Russian unit of length equal to 1.06 kilometers
верте́ться (верчу́сь, ве́ртишься) *intrans.* to spin, turn
вертну́ть *obs. perf.* to turn (something) (+ *inst.*)
весёлый cheerful, happy
весели́ться to make merry, be cheerful
весна́ (*pl.* вёсны) spring (season)
вести́ (веду́, ведёшь, *past* вёл, вела́, вели́) to lead
весь (вся, всё, все) all, the whole
весьма́ *book.* very, extremely (= **о́чень**)
ве́тер (ве́тра) wind
ве́чер evening
вече́рний evening
ве́чно eternally
ве́шать / пове́сить (пове́шу, пове́сишь) to hang (something)

вещь thing
взволнова́ться (взволну́юсь, взволну́ешься) *perf.* to start to worry, start to be troubled, agitated
взгада́ть *obs. perf.* to think up, imagine
взгляну́ть *perf.* to glance at (на + *acc.*)
вздивова́ться *obs. perf.* to gaze in wonder at
взду́мать *perf.* to get an idea to, suddenly decide to (+ *inf.*)
взлете́ть (взлечу́, взлети́шь) *perf.* to fly
взойти́ (взойду́, взойдёшь, *past* взошёл, взошла́, взошли́) *perf.* to go up, rise (c.f. **всходи́ть**)
взять (возьму́, возьмёшь) *perf.* to take (c.f. **брать**)
ви́деть (ви́жу, ви́дишь) / **уви́деть** to see
ви́дно apparently, evidently
вина́ fault, blame, guilt
вино́ wine
винова́тый guilty, at fault
висе́ть (вишу́, виси́шь) to hang (be hanging)
ви́тязь *obs. masc.* warrior, hero
ви́шня cherry
вишь *part. colloq.* expression of surprise, disbelief
влеза́ть to climb into
влюби́ться (влюблю́сь, влю́бишься) *perf.* to fall in love with (в + *acc.*)
вме́сте together (с + *inst.*)
вме́сто instead of, in place of (+ *gen.*)
внести́ (внесу́, внесёшь, *past* внёс, внесла́, внесли́) *perf.* to carry in
внуча́та *pl. colloq.* grandchildren
вода́ (*acc.* во́ду) water
воз (*pl.* возы́) cart
возврати́ться (возвращу́сь, возврати́шься) *perf. intrans.* to return (= **верну́ться**)
возвраща́ться / верну́ться *intrans.* to return
возговори́ть *obs. perf.* to say, announce
во́здух air
во́зле by, near, alongside (+ *gen.*)
возлюби́ть *obs. perf.* to fall in love with (= **полюби́ть**)
возопи́ть (возоплю́, возопи́шь) *obs. perf.* to shout loudly
возра́доваться *obs. perf.* to be glad, happy (= **обра́доваться**)
во́зраст age
во́йско (*pl.* войска́) troops
вокру́г around (+ *gen.*)
волк wolf
волосо́к *dim.* a hair
вон *colloq.* out, away
вопро́с question
вор thief, robber
ворова́ть (вору́ю, вору́ешь) to steal, rob
во́рон raven
воронёнок (*pl.* вороня́та) young raven, baby raven
воро́та *pl.* gate
вороти́ться (ворочу́сь, воро́тишься) *perf.* to return, come back
восто́чный eastern, oriental
вот here, this is
впервы́е first, at first, for the first time
вперёд forward, ahead (directional)
впереди́ ahead, in front (+ *gen.*)
впрямь *adv. colloq.* really, indeed
впуска́ть / впусти́ть (впущу́, впу́стишь) to allow in, allow to enter
врасти́ (врасту́, врастёшь, врос, вросла́, вросли́) *perf.* to grow into (в + *acc.*)
вре́мя (вре́мени, *pl.* времена́) *neut.* time (во вре́мя = during)
врозь *adv.* apart
вручи́ть *perf.* to hand over, deliver
вса́дник horseman
всевозмо́жный every possible, all kinds of
вскочи́ть (вскочу́, вско́чишь) *perf.* to jump in
вскри́кнуть *perf.* to shout out
вслед right behind (за + *inst.*)
вспо́мнить *perf.* to remember, recall
вспомяну́ть *perf.* (вспомяну́, вспомя́нешь) to remember, recall (= **вспо́мнить**)
встать (вста́ну, вста́нешь) *perf.* to get up, stand up
встрепену́ться *perf.* to suddenly shake, give a start, (of a bird) to ruffle its feathers
встреча́ть / встре́тить (встре́чу, встре́тишь) to meet someone / something
вступа́ть / вступи́ть (вступлю́, всту́пишь) to step into, enter
всходи́ть (всхожу́, всхо́дишь) / **взойти́** (взойду́, взойдёшь, *past* взошёл, взошла́, взошли́) to go up, rise
всю́ду everywhere
вся́кий any, every
втроём three together
входи́ть (вхожу́, вхо́дишь) / **войти́** (войду́, войдёшь, *past* вошёл, вошла́, вошли́) to enter, go into
въе́хать (въе́ду, въе́дешь) *perf.* to drive in, ride in
вы́бежать (вы́бегу, вы́бежишь) *perf.* to run out
вы́белить *perf.* to bleach
выбира́ть / вы́брать (вы́беру, вы́берешь) to choose, select, pick out
вы́вести (вы́веду, вы́ведешь, вы́вел, вы́вела, вы́вели) *perf.* to take out, lead out, breed, give birth to
вы́воротить (вы́ворочу, вы́воротишь) *perf.* to pull out, extract
вы́глядеть (вы́гляжу, вы́глядишь) *intrans.* to look (+ *adv.* or *inst.*)
вы́глянуть *perf.* to look out, glance out
вы́говорить *perf.* to pronounce, say
вы́дать (вы́дам, вы́дашь, вы́даст, вы́дадим, вы́дадите, вы́дадут, *past* вы́дал, вы́дала, вы́дали) *perf.* (за + *acc.* за́муж) to give in marriage
вы́дернуть *perf.* to pull out
вы́ехать (вы́еду, вы́едешь) *perf.* to drive out, ride out
вы́жать (вы́жму, вы́жмешь) *perf.* to squeeze out, press out
вы́играть *perf.* to win
вы́искать (вы́ищу, вы́ищешь) *perf.* to find
вы́йти (вы́йду, вы́йдешь, *past* вы́шел, вы́шла, вы́шли) *perf.* to go out (c.f. **выходи́ть**)
вы́катить (вы́качу, вы́катишь) *perf.* to roll out
вы́кинуть *perf.* to throw out

вы́лететь (вы́лечу, вы́летишь) *perf.* to fly out
вы́лить (вы́лью, вы́льешь) *perf.* to pour out
вы́мести (вы́мету, вы́метешь) *perf.* to sweep
вымеща́ть to vent one's feelings on someone (на + *prep.*)
вы́молвить (вы́молвлю, вы́молвишь) *perf.* to utter, say
выноси́ть (выношу́, выно́сишь) to carry out, to bear
вы́нуть *perf.* to pull out, take out
выпа́ивать to give a drink
вы́парить *perf.* to steam, destroy or clean something with steam
вы́полотый weeded (of a garden)
вы́проситься (вы́прошусь, вы́просишься) *perf.* to achieve, obtain something with persistent asking
выраже́ние expression
вы́расти (вы́расту, вы́растешь, *past* вы́рос, вы́росла, вы́росли) *perf.* to grow, grow up
вы́растить (вы́ращу, вы́растишь) *perf.* to raise, bring up (children)
вы́рваться (вы́рвусь, вы́рвешься) *perf.* to break loose, tear loose
вы́ронить *perf.* to drop
вы́рубить (вы́рублю, вы́рубишь) *perf.* to cut out, hack out
вы́сечь (вы́секу, вы́сечешь) *perf.* to carve, carve out, ignite a fire or spark by striking a flint
выска́кивать / вы́скочить to jump out
высо́кий high, tall
вы́стрелить *perf.* to shoot, fire (c.f. **стреля́ть**)
вы́строить *perf.* to build
вы́строиться *perf.* to be built
вы́тащить *perf.* to drag out, pull out
вы́тканный woven
вы́толкать *perf.* to push out
вы́топленный heated, stoked (of an oven)
вы́тянуться *perf.* to extend, stretch out, straighten up
выха́живать to bring up, raise
выходи́ть (выхожу́, выхо́дишь) / **вы́йти** (вы́йду, вы́йдешь, *past* вы́шел, вы́шла, вы́шли) to go out, come out
вы́чистить (вы́чищу, вы́чистишь) *perf.* to clean
вы́шибить (вы́шибу, вы́шибешь, *past* вы́шиб, вы́шибла, вы́шибли) *perf.* to knock out, dislodge
вы́щипать (вы́щиплю, вы́щиплешь) *perf.* to pull out, pluck out
вяза́ть (вяжу́, вя́жешь) / **повяза́ть** to tie up, bind, knit
вяза́ться (вяжу́сь, вя́жешься) to tie oneself up
вя́кнуть *colloq. perf.* to bark

Г

газе́тный newspaper, related to a newspaper
гвоздь (гвоздя́) *masc.* nail
где where
герои́ня heroine
геро́й hero
гла́вный main, most important
глаз (*pl.* глаза́) eye
глубо́кий deep
глухо́й deaf (of sound) muted, muffled
гляде́ть (гляжу́, гляди́шь) / **погляде́ть** to look (на + *acc.*) to look at
глядь *part. colloq.* used to express the unexpected nature of an action
гнать (гоню́, го́нишь) to drive, urge on, drive out
гна́ться (гоню́сь, го́нишься) to chase after (за + *inst.*)
говори́ть / сказа́ть (скажу́, ска́жешь) to speak, say, tell
говоря́щий speaking, talking
год year
годи́ться (гожу́сь, годи́шься) to fit, be right (for), be qualified to be
голова́ (*acc.* го́лову, *pl.* го́ловы, голо́в) head
голо́дный hungry
го́лос (*pl.* голоса́) voice
голу́бчик (said in direct address) my dear, my friend
гоне́ц (гонца́) messenger, pursuer
гора́ (*acc.* го́ру, *pl.* го́ры) mountain, hill
го́ре grief, misfortune
горева́ть (горю́ю, горю́ешь) to grieve
горе́лый burnt
горе́ть (горю́, гори́шь) to burn, be on fire
го́рлышко *dim.* throat, neck (of a bottle)
го́рница *obs.* room
го́род (*pl.* города́) city
горчи́ца mustard
го́рький bitter
горя́щий burning
госпо́дь *masc.* lord, Lord God
гостеприи́мный hospitable
гости́нец (гости́нца) a present, usually sweets
гость *masc.* guest
госуда́рство state, government
госуда́рь *masc.* ruler, Your Majesty
гото́вый ready, prepared
гра́бли *pl.* rake
гриб (гриба́) mushroom
гри́ва mane
грози́ться (грожу́сь, грози́шься) to threaten (to do something)
гром thunder
гряда́ (*pl.* гря́ды) bed (for flowers, vegetables)
грязь mud, dirt, mess
губи́ть (гублю́, гу́бишь) / **погуби́ть** to destroy, kill
гуля́ть to walk, stroll
гусь *masc.* goose

Д

да yes, *colloq.* and
дава́ть (даю́, даёшь) / **дать** (дам, дашь, даст, дади́м, дади́те, даду́т, *past* дал, дала́, да́ли) to give
дава́ться (даю́сь, даёшься) to allow oneself to, easily give oneself to
да́веча *obs.* not long ago
давно́ a long time ago, for a long time
да́же *part.* even
далеко́ far away
да́льний far away (of a trip: long)
да́льше farther (*comp.* of далеко́)
дар (*pl.* дары́) gift

дверь door
двор (двора́) yard, courtyard
дворе́ц (дворца́) palace
деви́ца / де́вица *obs.* maiden, damsel (*folk.* кра́сная де́вица = fair maiden)
де́вушка girl, young lady
де́йствовать (де́йствую, де́йствуешь) to act
де́лать / сде́лать to make, do
де́латься / сде́латься to be done, be made
де́ло (*pl.* дела́) deed, affair (на са́мом де́ле = actually, in fact; то и де́ло = continually, constantly)
день (дня) *masc.* day
де́ньги (де́нег) *pl.* money
дере́вня village
де́рево (*pl.* дере́вья) tree
деревя́нный wooden
держа́ть (держу́, де́ржишь) to hold, keep
держа́ться (держу́сь, де́ржишься) to stay, remain, (за + *acc.*) to hold on to
де́ти *pl.* (*gen.* дете́й, *inst.* детьми́, *dat.* де́тям) children
де́тище *obs.* child
де́точки *pl. dim.* children
де́тство childhood
диви́ться (дивлю́сь, диви́шься) / **подиви́ться** to wonder at, marvel at
ди́во wonder, marvel
дико́винный odd, strange, one-of-a-kind
ди́тятко *obs. dim.* child
для for (+ *gen.*)
до up to, as far as (+ *gen.*) (до сих пор = until now, up to now)
добежа́ть (добегу́, добежи́шь) *perf.* to run up to, as far as
добра́ться (доберу́сь, доберёшься, *past* добра́лся, добрала́сь, добрали́сь) *perf.* to reach, make it as far as (до + *gen.*)
добро́ *noun* good
добро́! fine, good, ok (a sign of agreement)
до́брый kind, good
добы́ть (добу́ду, добу́дешь) *perf.* to obtain
довезти́ (довезу́, довезёшь, *past* довёз, довезла́, довезли́) *perf.* to carry to, carry up to (до + *gen.*)
дово́льно rather, fairly
догна́ть (догоню́, дого́нишь) *perf.* to catch up with
доеда́ть to finish eating, eat up
дое́хать (дое́ду, дое́дешь) *perf.* to ride / drive as far as (до + *gen.*)
до́ждик *dim.* rain
дождь (дождя́) *masc.* rain
дожида́ться to wait for, wait as long as necessary
дозволе́ние *obs.* permission
дойти́ (дойду́, дойдёшь, *past.* дошёл, дошла́) *perf.* to walk as far as, to reach (до + *gen.*)
до́лго for a long time
до́лжен (должна́, должно́, должны́) must, have to
дом (*pl.* дома́) house
до́ма at home
домо́й home (directional)
донести́ (донесу́, донесёшь, *past* донёс, донесла́, донесли́) *perf.* to carry up to a certain point (до + *gen.*)
доро́га road
дорого́й expensive, dear
доса́да annoyance, vexation
достава́ть (достаю́, достаёшь) / **доста́ть** (доста́ну, доста́нешь) to obtain, get
доста́ться (доста́нусь, доста́нешься) *perf.* to become the possession of (+ *dat.*)
досыпа́ть to get enough sleep, sleep through
до́чка *dim.* daughter
дочь (до́чери, *pl.* до́чери, дочере́й) daughter
дрему́чий thick, dense (of a forest)
дрова́ (дров) *pl.* firewood
дрови́шки *dim.* firewood
дрожа́ть (дрожу́, дрожи́шь) *intrans.* to tremble, shake
друг (*pl.* друзья́) friend
друго́й other, the other
дру́жба friendship
дружелю́бный friendly
дру́жно together, amicably
дуб oak tree
дуби́нка club, cudgel
дубо́вый oak
ду́ма thought
ду́мать / поду́мать to think
дура́к simpleton, idiot
дурачо́к (дурачка́) *dim.* simpleton, idiot
ду́рень (ду́рня) *masc. colloq.* fool, blockhead
дурне́ть to become less pretty
ду́рно badly
дурно́й bad, evil
дух spirit, scent
душа́ soul
дыра́ (*pl.* ды́ры) hole, opening
дыша́ть (дышу́, ды́шишь) / **подыша́ть** to breathe (+ *inst.*)
дю́жина dozen

Е

едва́ barely
единогла́сно unanimously, as one voice
еди́ный single, a single, unified
е́жели *obs.* if (= **е́сли**)
ель spruce (tree)
е́сли if
есть (ем, ешь, ест, еди́м, еди́те, едя́т, *past* ел, е́ла, е́ли) / **съесть** to eat
е́хать (е́ду, е́дешь) / **пое́хать** to go (by vehicle)
ещё *adv.* still

Ж

жа́дный greedy
жале́ть / пожале́ть to feel sorry (for)
жа́лоба complaint
жа́ркий hot
жар-пти́ца firebird
ждать (жду, ждёшь, *past* ждал, ждала́, жда́ли) / **подожда́ть** to wait (for)
жела́тельно desirable
жела́ть / пожела́ть to wish, wish for (+ *gen.*)
желе́зный iron
жёлтый yellow
жена́ (*pl.* жёны) wife

жени́ть (женю́, же́нишь) *trans.* to marry off (a son) (на + *prep.*)
жени́ться (женю́сь, же́нишься) to marry (said of a man) (на + *prep.*)
жени́х (жениха́) groom, fiancé, suitor
же́нщина woman
жечь (жгу, жжёшь, *past* жёг, жгла, жгли) / **сжечь** (сожгу́, сожжёшь, *past* сжёг, сожгла́, сожгли́) to burn
живо́й live, alive
живо́тное animal
живя́щий living
жизнь life
жить (живу́, живёшь, *past* жил, жила́, жи́ли) to live
житьё *colloq.* life
жре́бий lot, lots (броса́ть / мета́ть жре́бий = to cast lots)
жура́вль (журавля́) *masc.* crane (bird)
журнали́ст journalist

З

за (+ *inst.*) behind, beyond, at (a table, meal), for (to fetch), after (in a chase), (+ *acc.*) behind, beyond (directional), for (in exchange for)
забавля́ться to amuse oneself, entertain oneself
забедова́ть *obs. perf.* to begin to be sad, grieve
заблесте́ть (заблещу́, заблести́шь) *perf.* to begin to shine, sparkle
забо́р fence
забра́ться (заберу́сь, заберёшься, *past* забра́лся, забрала́сь, забрали́сь) *perf.* to climb, to get into
забры́згать to splatter, splash
забыва́ть / забы́ть (забу́ду, забу́дешь) to forget
завёрнутый wrapped in something (в + *acc.*)
заверну́ть *perf.* to wrap in something (в + *acc.*)
зави́довать (зави́дую, зави́дуешь) to envy (+ *dat.*)
завопи́ть (завоплю́, завопи́шь) *perf.* to cry out
за́втра tomorrow
зага́р sunburn, suntan
заговори́ть *perf.* to start to talk
загрусти́ть (загрущу́, загрусти́шь) *perf.* to become sad
зад back, rear
задава́ть (задаю́, задаёшь) to assign, to ask (a question)
задво́ренка (ба́бушка-задво́ренка = old servant woman living in the area behind the palace [задво́рки])
зажéчь (зажгу́, зажжёшь, *past* зажёг, зажгла́, зажгли́) *perf.* to light (a lamp, candle), ignite
зае́сть (зае́м, зае́шь, зае́ст, заеди́м, заеди́те, заедя́т) *perf.* to chew to death, devour
зайти́ (зайду́, зайдёшь, *past* зашёл, зашла́, зашли́) *perf.* to go in, stop in
заколо́ть (заколю́, зако́лешь) *perf.* to stab to death
закрича́ть (закричу́, закричи́шь) *perf.* to start to scream, begin screaming
за́кром (*pl.* закрома́) grain bin, place in the barn set aside for the storage of grain and flour
закручи́ниться *obs. perf.* to start to grieve, feel sorrow
закуси́ть (закушу́, заку́сишь) *perf.* to have a snack, to eat something (*acc.*) with something (*inst.*)
заку́ска snack, appetizer
зале́зть (зале́зу, зале́зешь, *past* зале́з, зале́зла, зале́зли) *perf.* to climb (on to)
зали́ться (золью́сь, зальёшься, *past* зали́лся, залила́сь, залили́сь) *perf.* to become covered with (a liquid) (+ *inst.*)
замёрзнуть *intrans. perf.* to freeze, freeze to death
замеси́ть (замешу́, заме́сишь) *perf.* to knead
замета́ть to sweep, sweep into
замо́к (замка́) lock
заморо́зить (заморо́жу, заморо́зишь) *perf.* to freeze
замо́рышек (замо́рышка) *colloq. dim.* runt, puny creature
занима́ться to be occupied with, study (+ *inst.*)
за́пад west
запере́ть (запру́, запрёшь, *past* за́пер, заперла́, за́перли) *perf.* to lock
запере́ться (запру́сь, запрёшься, *past* заперся́, заперла́сь, заперли́сь) *perf.* to lock oneself in
запеча́литься *perf.* to become sad
запла́кать (запла́чу, запла́чешь) *perf.* to start to cry
запове́довать (запове́дую, запове́дуешь) *obs.* to order, command (= **веле́ть**, **прика́зывать**)
запо́мнить *perf.* to remember, memorize
запо́р bolt, lock
запря́чь (запрягу́, запряжёшь, *past* запря́г, запрягла́, запрягли́) *perf.* to harness, hitch up
зары́ть (заро́ю, заро́ешь) *perf.* to bury
зары́ться (заро́юсь, заро́ешься) *perf.* to bury oneself
засвети́ться (засвечу́сь, засве́тишься) *perf.* to begin to shine, light up
заскрипе́ть (заскриплю́, заскрипи́шь) *perf.* to start to squeak, creak
засмоли́ть *perf.* to seal with tar (смола́)
заста́ва gates (to a city)
заста́вить (заста́влю, заста́вишь) *perf.* to force (someone to do something)
заста́ть (заста́ну, заста́нешь) *perf.* to find, catch (a person, piece of information)
застуди́ть (застужу́, засту́дишь) *perf.* to allow someone to catch a cold
засыпа́ть / засну́ть (засну́, заснёшь) to fall asleep
зате́м then, next
зато́ but, but on the other hand
затреща́ть (затрещу́, затрещи́шь) *perf.* to start to crack, crackle
затрясти́ (затрясу́, затрясёшь, *past.* затря́с, затрясла́, затрясли́) *perf.* to start to shake, tremble
затужи́ть (затужу́, зату́жишь) *perf.* to begin to be sad, grieve
захмеле́ть *perf.* to start to become drunk
захрапе́ть (захраплю́, захрапи́шь) *perf.* to start to snore

захрусте́ть (захрущу́, захрусти́шь) *perf* to start to crunch
заче́м why, for what reason
зачерпну́ть (зачерпну́, зачерпнёшь) *perf.* to scoop, scoop up
зачу́ять (зачу́ю, зачу́ешь) *perf.* to sense
зашата́ться *perf.* to start to swing, stagger, sway
за́яц (за́йца) hare (косо́й за́яц = frequent folktale name for a hare)
зва́ный invited, by invitation
звать (зову́, зовёшь) / **позва́ть** to call
звезда́ (*pl.* звёзды) star
зверь *masc.* beast, animal
звя́кнуть *perf.* to tinkle, jingle
здоро́вье health
здра́вый sensible, sound, healthy
зелёный green
земля́ land
зерно́ (*pl.* зёрна) grain
зёрнышко *dim.* grain
зима́ (*acc.* зи́му, *pl.* зи́мы) winter
зимо́вье winter quarters, place where animals spend the winter
зла́то gold (= **зо́лото**)
златогри́вый golden-maned
зли́ться to become angry (на + *acc.*)
зло́ба spite, malice, ill will
злоде́й evildoer, villain
злой evil, wicked, mean
злость malice
змея́ snake
знай *part. colloq.* expresses that the subject is focused on one activity and not paying attention to anything else
знать to know
зна́чить to mean
зной intense heat
зо́лото gold
золото́й golden
золочёный gilded
зре́ние sight, vision
зуб tooth

И

и́бо *obs.* because
игла́ (*pl.* и́глы) needle
иго́лка *dim.* needle
игра́ть / сыгра́ть to play, perform (of a wedding)
идти́ (иду́, идёшь, *past.* шёл, шла, шли) / **пойти́** (пойду́, пойдёшь, *past.* пошёл, пошла́, пошли́) to go
из from (+ *gen.*)
изба́ (*pl.* и́збы) peasant hut
избави́тельница savior, deliverer
избу́шка *dim.* peasant hut
из-за from behind, because of (+ *gen.*)
изловчи́ться *perf.* to easily adjust (to be able to do something)
изнури́ться *perf.* to become exhausted
изоби́лие abundance, plenty
изобрази́ть (изображу́, изобрази́шь) to depict, portray
из-под out from under (+ *gen.*)
изруби́ть (изрублю́, изру́бишь) *perf.* to chop up, cut to pieces
изукра́шенный lavishly decorated
изю́м raisins
и́ли or
име́ть to have
и́мя (и́мени, *pl.* имена́) *neut.* name
иска́ть (ищу́, и́щешь) to look for
иску́сница skillful woman
иску́сно skillfully
испи́ть (изопью́, изопьёшь, *past* испи́л, испила́, испи́ли) *perf.* to drink from (из + *gen.*)
исполня́ть / испо́лнить to fulfill, carry out
испра́вить (испра́влю, испра́вишь) *perf.* to correct, repair,
испо́ртить (испо́рчу, испо́ртишь) *perf.* to damage, ruin
испуга́ть *perf.* to frighten
испуга́ться *perf.* to be frightened, scared of (+ *gen.*)
иссе́чь (иссеку́, иссечёшь, *past* иссёк, иссекла́, иссекли́) *perf.* to cut up, cut into pieces
истере́ть (изотру́, изотрёшь, *past* истёр, истёрла, истёрли) *perf.* to wear out
и́стинный true, truthful
исчёзнуть (*past* исчёз, исчёзла, исчёзли) *perf.* to disappear

К

к to, toward, by (a time) (+ *dat.*)
кабине́т office, study
кабы́ (also unstressed) *obs.* if
ка́ждый each, every
каза́ться (кажу́сь, ка́жешься) to seem
как how, as (как то́лько = as soon as; как раз = exactly)
кали́новый *folk.* (of a fire) bright, hot
ка́менный stone
капу́ста cabbage
карау́лить to guard, watch over
каре́та carriage, coach
карма́н pocket
карти́на picture, painting
карти́нка *dim.* picture, painting
карто́фель *masc.* potato
кати́ться (качу́сь, ка́тишься) / **покати́ться** *intrans.* to roll
кафта́н long-sleeved robe
ка́ша cooked cereal, porridge
квас kvas (a fermented drink)
квашня́ wooden tub for dough, leavened dough
ки́нуться *perf.* to rush, throw oneself (на + *acc.*)
кипу́чий boiling, seething
кирпи́ч (кирпича́) brick
ки́слый sour
кле́тка cage
класть (кладу́, кладёшь, *past* клал, кла́ла, кла́ли) / **положи́ть** (положу́, поло́жишь) to put, place, lay
кла́сться *folk.* to put oneself in a lying position
клева́ть (клюю́, клюёшь) to peck, bite
клочо́к (клочка́) shreds, small pieces
клубо́к (клубка́) ball of thread, yarn

клубо́чек (клубо́чка) *dim.* ball of thread, yarn
ключево́й key, vital, from underground (ключева́я вода́ = spring water)
кля́сться (кляну́сь, клянёшься, *past* кля́лся, клядла́сь, кляли́сь) to swear, vow
княги́ня princess (wife of a prince)
кня́жий (кня́жья, кня́жье, кня́жьи) prince's
княжна́ princess (daughter of a prince)
князь (*pl.* князья́) *masc.* prince
ко́жа skin
колду́нья sorceress
ко́ли *obs.* if (= **е́сли**)
коло́да log, chopping block
колоко́льчик *dim.* small bell
колоти́ть (колочу́, коло́тишь) to beat, thrash
коло́ть (колю́, ко́лешь) to prick, stab, chop (wood)
коне́ц (конца́) end, tip
конча́ться / ко́нчиться to end, be over
конь (коня́) *masc.* horse
ко́нюх groom, stable hand
коню́шня stable
ко́рень (ко́рня) *masc.* root, roots
кори́чневый brown
корми́ть (кормлю́, ко́рмишь) / **накорми́ть** to feed
коро́бка box
короле́вна princess (usually in fairy tales)
ко́ротко (here: for a short time)
кость bone
котёл (котла́) caldron
кото́рый which
кочерга́ poker (for a fire)
краса́вица beautiful woman
краси́вый beautiful, handsome
кра́сный red (*obs.* = beautiful)
красота́ beauty
краю́шка *colloq. dim.* piece of bread
кре́пкий strong
кре́пко firmly (with sleep: soundly)
крик shout, scream
крича́ть (кричу́, кричи́шь) / **кри́кнуть** to yell, scream
кро́ме except for, in addition to (+ *gen.*)
круго́м around
кру́жево (*pl.* кружева́ *used in same meaning as singular)* lace
круши́ться *obs.* to be sad (= **печа́литься, сокруша́ться**)
крыло́ (*pl.* кры́лья) feather
кры́лышко *dim.* feather
крыльцо́ porch
кры́ша roof
кувши́н pitcher, jug
куда́ where (directional)
ку́кла doll
ку́колка *dim.* doll
куку́шка cuckoo
кум (*pl.* кумовья́) godfather of one's child, father of one's godchild
кума́ godmother of one's child, mother of one's godchild
куманёк (куманька́) *dim.* godfather of one's child, father of one's godchild
ку́мушка *dim.* godmother of one's child, mother of one's godchild
купа́ться / искупа́ться to swim, go for a swim
купе́ц (купца́) merchant
купе́ческий merchant, merchant's
купчи́ха merchant's wife
кусо́к (куска́) piece
кусо́чек (кусо́чка) *dim.* piece (= кусо́к)
куст (куста́) bush
ку́шанье food, meal
ку́шать / поку́шать to eat

Л

ла́вка bench, shop, store
ла́дно OK, fine (said in agreement)
ладо́ши (уда́рить в ладо́ши = clap one's hands)
лазо́ревый *folk.* light blue, azure (= **лазу́рный**)
ла́комый tasty
ла́сково tenderly, gently, affectionately
ле́бедь *masc.* swan
ле́вый left (direction)
лёгкий easy
лёд (льда) ice
лежа́ть (лежу́, лежи́шь) / **полежа́ть** to lie (be in a lying position)
лезть (ле́зу, ле́зешь, *past* лез, ле́зла, ле́зли, *comm.* лезь and полеза́й) / **поле́зть** to climb
лён (льна) flax
лени́вый lazy
лес (*prep.* в лесу́) forest
лета́ть to fly (multidirectional)
лете́ть (лечу́, лети́шь) / **полете́ть** to fly (unidirectional)
ле́то summer
лечь (ля́гу, ля́жешь, *past.* лёг, легла́, легли́) *perf.* to lie down (c.f. **ложи́ться)**
лиза́ть (лижу́, ли́жешь) / **лизну́ть** (лизну́, лизнёшь) to lick
лиса́ (*pl.* ли́сы) fox
лиси́ца fox
лист (листа́, *pl.* ли́стья) leaf
литерату́ра literature
лицо́ face (от лица́ = on behalf of, from the point of view of)
лишь only (лишь то́лько = as soon as)
лови́ть (ловлю́, ло́вишь) / **пойма́ть** to catch
ло́жечка *dim.* spoon
ложи́ться / лечь (ля́гу, ля́жешь, *past.* лёг, легла́, легли́) to lie down
ло́жный false
лома́ть / слома́ть to break (off)
лоску́тик *dim.* shred, scraps of cloth
лошади́ный horse's
ло́шадь horse
луг (*prep.* в лугу́, *pl.* луга́) meadow
лужо́к (лужка́) *dim.* meadow
лук onion, bow (for shooting arrows)
лучи́на thin stick, piece of kindling wood
лу́чший best
лыта́ть *folk.* to dodge, evade, avoid (от + *gen.*)
любе́зный kind, gracious, dear
люби́мый favorite
люби́ть (люблю́, лю́бишь) / **полюби́ть** to love. *perf.* to fall in love with (+ *acc.*)
любопы́тный curious
лю́ди people

людска́я servants' room
людско́й human
лю́тый fierce
лягу́шечий (лягу́шечья, лягу́шечье, лягу́шечьи) frog's
лягу́шка frog

М

мак poppy, poppy seeds
ма́лый small
ма́нный of farina (ма́нная ка́ша = cereal made from farina)
марино́ванный pickled, marinated
ма́сло butter, oil
матери́нский maternal, motherly
мать (ма́тери, *pl.* ма́тери) mother
махну́ть *perf.* to wave (+ *inst.*)
ма́чеха stepmother
мёд honey, mead
медве́дь *masc.* bear
ме́жду between, among (+ *inst.*) (ме́жду собо́й = among themselves; ме́жду тем = meanwhile)
ме́лкий small, minute, minor
мелькну́ть *perf.* to flash, flash by, appear and disappear quickly
меньшо́й *obs.* youngest, smallest
мёртвый dead
ме́сто (*pl.* места́) place
ме́сяц month, moon
мета́ть (мечу́, ме́чешь) to throw, cast
мета́ться (мечу́сь, ме́чешься) to rush about, toss about
меч (меча́) sword
милова́ть (милу́ю, милу́ешь) *folk.* to treat tenderly, affectionately
ми́лостивый *obs.* kind, gracious, merciful
ми́лый dear
ми́мо (+ *gen.*) past, by
минова́ть (мину́ю, мину́ешь) to pass by
младо́й *obs.* young (= **молодо́й**)
мла́дший younger
мни́мый imaginary, false
мно́го much, a lot
мно́жество a multitude, great number of
мо́жно *impers.* may, one may
мо́лвить (мо́лвлю, мо́лвишь) *obs. perf.* to say (= **сказа́ть, вы́молвить**)
моли́ться (молю́сь, мо́лишься) / **помоли́ться** to pray
мо́лодец *folk.* young man (said of folktale heroes)
молоде́ц good job! well done! (said of a person, to a person)
молодо́й young
мо́лча silently, in silence
молча́ть (молчу́, молчи́шь) to be silent, remain silent
мора́ль moral
мо́ре sea
моро́з frost, cold temperatures
мох (мха / мо́ха) moss
мочёный soaked
мочь (могу́, мо́жешь, *past* мог, могла́, могли́) / **смочь** to be able
мочь strength, power
му́дрый wise
муж (*pl.* мужья́) husband
мура́вка *folk.* young grass
му́чить (му́чу, му́чишь and му́чаю, му́чаешь) to torment
мчать (мчу, мчишь) / **помча́ть** to carry (something) quickly
мча́ться (мчусь, мчи́шься) / **помча́ться** to race, speed along
мя́гкий soft
мя́со meat

Н

на (+ *prep.*) on, at (+ *acc.*) on, onto
на *part.* here! take it!
набежа́ть (набегу́, набежи́шь) *perf.* to run into (на + *acc.*)
на́большиий *folk.* biggest, most important
набра́ть (наберу́, наберёшь, *past* набра́л, набрала́, набра́ли) *perf.* to collect, gather (something)
набра́ться (наберу́сь, наберёшься, *past* набра́лся, набрала́сь, набрали́сь) *perf.* *intrans.* to accumulate, gather
навари́ть (наварю́, нава́ришь) *perf.* to cook a quantity of something (soup, oatmeal)
наве́рх up, upwards, upstairs
наве́сить (наве́шу, наве́сишь) *perf.* to hang, hang up
навстре́чу toward, in one's direction (+ *dat.*)
нагляде́ться (нагляжу́сь, наглядишься) *perf.* to look at enough, look at all one would like to (на + *acc.*)
нагна́ть (нагоню́, наго́нишь) *perf.* to overtake, catch up to
наговори́ться *perf.* to speak enough, say all one wants to say
нагоре́ть *perf.* to be covered with snuff (of a candle)
награди́ть (награжу́, награди́шь) *perf.* to reward
над above, over (+ *inst.*)
на́двое in two, in half
надева́ть / наде́ть (наде́ну, наде́нешь) to put on (clothes)
наде́лать *perf.* to make (a certain amount), do damage, cause trouble
надиви́ться (надивлю́сь, надиви́шься) *perf.* to cease to be amazed
на́до *impers.* (one) must, (one) needs to (мне на́до = I must, I need to)
на́добно *impers. obs.* necessary, needed (Что тебе́ на́добно = what do you need?)
надо́лго for a long time
на́дпись inscription
нае́сться (нае́мся, нае́шься, нае́стся, наеди́мся, наеди́тесь, наедя́тся) *perf.* to eat one's fill
нае́хать (нае́ду, нае́дешь) *perf.* to run into (на + *acc.*)
нажива́ть to make, amass
наза́д back (with time: ago)
называ́ть to call (something a certain name)
называ́ться to be called (a certain name)
нака́з instruction, order, command

нака́зывать / наказа́ть (накажу́, нака́жешь) to order, punish
накла́сть *perf.* to put (= **положи́ть**)
наколо́ть (наколю́, нако́лешь) *perf.* to chop, split wood (a certain quantity)
наконе́ц finally
накупи́ть (накуплю́, наку́пишь) *perf.* to buy (a certain amount)
нале́во to the left
налете́ть (налечу́, налети́шь) *perf.* to fly down on, swoop down on
нали́ть (налью́, нальёшь) *perf.* to pour
намалева́ться (намалю́юсь, намалю́ешься) *perf.* to be painted, to apply makeup
наме́сто *folk.* (+ *gen.*) instead of, in place of (= **вме́сто**)
намеша́ть *perf.* to mix, mix in
нанести́ (нанесёт, *past* нанесла́) *perf.* to lay (eggs)
нано́шенный carried (in)
наперегонки́ (бежать наперегонки́ = to race)
наперёд forward, in advance
напи́санный written
напи́ться (напью́сь, напьёшься, *past* напи́лся, напила́сь, напили́сь) *perf.* to drink one's fill
напра́во to the right
напра́сно for nothing, in vain
напря́сть (напряду́, напрядёшь, *past* напрял, напряла́, напря́ли) *perf.* to spin a certain amount of (cloth, yarn)
напуга́ться *perf.* to become frightened, scared
наре́зать (наре́жу, наре́жешь) *perf.* to cut, slice
нарисова́ть (нарису́ю, нарису́ешь) *perf.* to draw
наро́д people, a people (мно́го наро́ду = many people)
наруби́ть (нарублю́, нару́бишь) *perf.* to chop, cut (a certain amount)
нарумя́ненный made up (with make up, rouge)
наряди́ться (наряжу́сь, наря́дишься) *perf.* to dress, dress up
наси́лу with great effort, difficulty
наслу́шаться *perf.* to listen as much as one would like
наста́ть (наста́ну, наста́нешь) *perf.* to come (of a time, season)
настоя́щий real, authentic
настря́пать *perf.* to cook a quantity of something
наступле́ние coming (of a time, season)
насурьмлённый having one's hair treated with antimony (сурьма́) to blacken it
наткну́ть *perf.* to stick (something) on something sharp (на + *acc.*)
натяну́ть *perf.* to draw, draw tight
нау́тро next morning
научи́ть (научу́, нау́чишь) *perf.* to teach (+ *inf.*) teach how to do something
находи́ть (нахожу́, нахо́дишь) / **найти́** (найду́, найдёшь, *past* нашёл, нашла́, нашли́) to find
нахо́дчивый clever, resourceful (said of one who is able to extract himself from difficult situations)
наце́литься *perf.* to take aim
начина́ть / нача́ть (начну́, начнёшь, *past* на́чал, начала́, на́чали) to start
не́бо sky, heavens
небыва́лый unheard-of, fantastic
неве́жа ignoramus
неве́ста bride, fiancée, woman eligible for marriage
неве́стка sister-in-law
невоспи́танный ill-bred, ill-mannered
невреди́мый unharmed
неде́ля week
недово́льный not pleased, unsatisfied
не́который a certain
нельзя́ impossible, forbidden
немо́й mute
ненави́стный hated
неотсту́пный persistent, relentless
неохо́та unwillingness (мне неохо́та = I don't feel like)
неприя́тель *masc.* enemy
неска́занно unspeakably
не́сколько several, a few (+ *gen.*)
несмотря́ на in spite of, despite (+ *acc.*)
несогла́сие disagreement, discord
несча́стный unhappy, unfortunate
несча́стье unhappiness
нечаянно accidentally, unexpectedly
нече́стный dishonest
ни́зкий low
ни́тка thread
новосе́лье new home, housewarming party
нога́ (*pl.* но́ги) leg, foot
нож (ножа́, *pl.* ножи́) knife
но́жны (*obs.* ножны́) scabbard, sheath
нос nose
носи́ть (ношу́, но́сишь) to carry, wear
ночева́ть (ночу́ю, ночу́ешь) / **переночева́ть** to spend the night
ночь night
нрав disposition
ну *inter.* well
нужда́ need, dire straits
нужда́ться to need, be in need of (в + *prep.*)
ны́нче now, nowadays
ня́ня nurse, nursemaid

О

о / об (+ *prep.*) about, of, (+ *acc.*) against (involving contact or a collision)
о́ба both
обе́д lunch (often eaten closer to dinner time)
обесче́стить (обесче́щу, обесче́стишь) *perf.* to disgrace, dishonor
оберну́ться *perf.* to turn around, turn into (+ *inst.*)
обеща́ть to promise (+ *dat.*)
обеща́ться to promise (+ *dat.*)
о́бласть area, region
облете́ть (облечу́, облети́шь) *perf.* to fly around
облома́ть *perf.* to beat (the edges of), beat thoroughly
обма́нывать / обману́ть (обману́, обма́нешь) to trick, deceive, cheat
обню́хать *perf.* to sniff, sniff around

обня́ться (обниму́сь, обни́мешься, обнялся́, обняла́сь, обняли́сь) *perf.* to embrace, hug (of two people)
обогна́ть (обгоню́, обго́нишь) *perf.* to pass (on the road)
обомле́ть *colloq. perf.* to be stunned, shocked
оборoти́ться (оборочу́сь, оборо́тишься) *perf.* to turn into (в + *acc.*) (= **оберну́ться**)
обрати́ть *perf.* to turn into (в + *acc.*)
обрати́ться (обращу́сь, обрати́шься) *perf.* to turn to (к + *dat.*)
о́бруч hoop
обу́ться (обу́юсь, обу́ешься) *perf.* to put on one's shoes
обхвати́ть (обхвачу́, обхва́тишь) *perf.* to put one's arms around, embrace
обща́ться associate with, interact with (с + *inst.*)
о́бщий general, common
объе́дки *colloq.* leftovers, scraps
объе́здить (объе́зжу, объе́здишь) *perf.* to drive around (something), to break in (a horse)
объяви́ть (объявлю́, объя́вишь) *perf.* to announce, declare
объясни́ть *perf.* to explain
обы́чно usually
огляде́ть (огляжу́, огляди́шь) *perf.* to look around, glance around
огля́дка looking back (без огля́дки = without looking back)
огонёк (огонька́) *dim.* fire, light
ого́нь (огня́) *masc.* fire, light
огро́мный enormous, huge
одева́ться / оде́ться (оде́нусь, оде́нешься) to put on one's clothes, get dressed
оде́тый dressed
одея́ло blanket
одна́жды once, one time
одна́ко however
однолéтка *colloq.* female person the same age
оду́маться *perf.* to change one's mind, come to one's senses
оживи́ть (оживлю́, оживи́шь) *perf.* to revive, bring back to life
ожида́ть to expect, wait for
о́зеро (*pl.* озёра) lake
окно́ (*pl.* о́кна) window
око́шко *dim.* window
окро́шка cold soup of kvas, meat, and vegetables
окружа́ть to surround, encircle
окуну́ться (окуну́сь, окунёшься) *perf.* to be dipped into, be immersed in
описа́ть (опишу́, опи́шешь) *perf.* to describe
опуска́ться to go down, descend
о́пытный experienced
опя́ть again
оса́живать to stop, force back
освети́ть (освещу́, освети́шь) *perf.* to illuminate, light up
оседла́ть *perf.* to saddle
о́сень fall, autumn
осерди́ться (осержу́сь, осе́рдишься) *obs. perf.* to become angry (на + *acc.*) (= **рассерди́ться**)
осерча́ть *colloq. perf.* to become angry (на + *acc.*) (= **рассерди́ться**)
осмотре́ть (осмотрю́, осмо́тришь) *perf.* to examine, look over
оставля́ть / оста́вить (оста́влю, оста́вишь) to leave (something)
останови́ться (остановлю́сь, остано́вишься) *perf.* to stop
остава́ться (остаю́сь, остаёшься) / **оста́ться** (оста́нусь, оста́нешься) to stay, remain
о́стрый sharp
от from (+ *gen.*)
отвести́ (отведу́, отведёшь, *past* отвёл, отвела́, отвели́) *perf.* to take someone (to a certain place)
отвеча́ть / отве́тить (отве́чу, отве́тишь) to answer (+ *dat.* or на + *acc.*)
отворя́ть / отвори́ть (отворю́, отво́ришь) to open
отворя́ться / отвори́ться (отворю́сь, отво́ришься) *intrans.* to open
отгова́риваться to refuse, give excuses (why one cannot do something)
отдава́ть (отдаю́, отдаёшь) / **отда́ть** (отда́м, отда́шь, отда́ст, отдади́м, отдади́те, отдаду́т) to give back, return, give
отдыха́ть / отдохну́ть to relax
оте́ц (отца́) father
оте́чество fatherland
откли́кнуться to answer, reply (на + *acc.*)
отку́да from where, from what source
отлича́ться to differ (от + *gen.*)
отлуча́ться / отлучи́ться *colloq.* to go away, leave (от + *gen.*)
отлу́чка absence
относи́ться (отношу́сь, отно́сишься) to act toward, have a certain opinion of or attitude toward (к + *dat.*)
отноше́ние attitude toward, relationship with (к + *dat.*)
отня́ть (отниму́, отни́мешь, *past* о́тнял, отняла́, о́тняли) *perf.* to take away
отогре́ться *perf.* to warm oneself, get warm
отомкну́ться (отомкну́сь, отомкнёшься) *perf.* to unlock, come unlocked
отосла́ть (отошлю́, отошлёшь) *perf.* to send off, send away
отпира́ть to unlock, open
отпра́виться (отпра́влюсь, отпра́вишься) *perf.* to set out, go
отпуска́ть / отпусти́ть (отпущу́, отпу́стишь) to release, let go
отту́да from there
отцепля́ться / отцепи́ться (отцеплю́сь, отце́пишься) to let go, come unhooked
оты́скивать / отыска́ть (отыщу́, оты́щешь) to find
офице́р officer
охо́та wish, desire, hunting
о́чи *obs.* eyes (= **глаза́**)
очи́стить (очи́щу, очи́стишь) *perf.* to clean, purify, clean up

П

па́зушка *dim.* the space between one's chest and one's clothes, bosom

пала́та house, chamber
пали́ть / спали́ть to singe, scorch
па́лка stick
па́мять memory
па́ра pair
пасть (паду́, падёшь, *past* пал, па́ла, па́ли) *perf.* to fall
па́хнуть to smell (give off an odor), smell of (+ *inst.*)
пе́рвый first
перебра́ться (переберу́сь, переберёшься, *past* перебра́лся, перебрала́сь, перебрали́сь) *perf.* to cross, to move to a new residence
перегоня́ться *folk.* to have a race
пе́ред (+ *inst.*) in front of, before (+ *acc.*) in front of (with motion)
перейти́ (перейду́, перейдёшь, *past* перешёл, перешла́, перешли́) *perf.* to cross, go from one place to another, transfer
перекрести́ться (перекрещу́сь, перекре́стишься) *perf.* to cross oneself
переле́зть (переле́зу, переле́зешь *past* переле́з, переле́зла. переле́зли) *perf.* to climb over
переноси́ть (переношу́, перено́сишь) to bear, endure
пересказа́ть (перескажу́, переска́жешь) *perf.* to retell
перескочи́ть (перескочу́, перескóчишь) *perf.* to jump over
переста́ть (переста́ну, переста́нешь) *perf.* to stop (doing something) (+ *inf.*)
пе́рец (пе́рца) pepper
перо́ (*pl.* пе́рья) feather, pen
персона́ж character (in a literary work)
пёрышко *dim.* feather
пе́сенка *dim.* song
пе́сня song
песо́к (песка́) sand
пест (песта́) pestle
пету́х (петуха́) rooster
петь (пою́, поёшь) to sing
печа́ль sadness
печа́тный printed, stamped
пе́чка oven, stove
печь (пеку́, печёшь, пеку́т, *past* пёк, пекла́, пекли́) / **испе́чь** to bake
печь (*prep.* в, на печи́) oven, stove
пе́ший on foot
пи́во beer
пир (*pl.* пиры́) banquet, feast
пирова́ть (пиру́ю, пиру́ешь) to feast
пи́саный handwritten (пи́саный краса́вец = the picture of beauty)
пить (пью, пьёшь, *past* пил, пила́, пи́ли) / **вы́пить** to drink
пла́кать (пла́чу, пла́чешь) to cry
пласто́чки *obs.* (лежа́ть как пласто́чки = to lie stretched out, without feelings, not moving)
плато́к (платка́) kerchief
плато́чек (плато́чка) *dim.* kerchief, handkerchief
пла́тье dress
плеска́ть (плещу́, пле́щешь) to splash, lap (of waves)
плести́ (плету́, плетёшь, *past* плёл, плела́, плели́) to weave, spin
плечо́ (*pl.* пле́чи) shoulder
плод (плода́) fruit
плыть (плыву́, плывёшь, *past* плыл, плыла́, плы́ли) / **поплы́ть** to swim
пляса́ть (пляшу́, пля́шешь) to dance
по (+ *dat.*) along, around, according to, each (взя́ли по стреле́ = they each took one arrow), (+ *prep.*) upon, after (по сме́рти = after death)
побе́гать *perf.* to run (around) (a little while)
победи́ть (non-past 1st person singular not used, победи́шь) *perf.* to defeat, conquer, win
побо́и *pl.* blows, a beating
пова́диться *colloq. perf.* to be in the habit of (+ *inf.*)
повезти́ (повезу́, повезёшь, *past* повёз, повезла́, повезли́) *perf.* to carry off (somewhere)
поверну́ться (поверну́сь, повернёшься) *perf.* to turn around (к + *dat.*) toward
повести́ (поведу́, поведёшь, *past* повёл, повела́, повели́) *perf.* to lead off (somewhere)
пово́зка wagon
повора́чиваться / поверну́ться to turn, turn around
повскака́ть (only past tense used) *colloq. perf.* to jump (immediately or one after the other)
погаса́ть / пога́снуть (*past* пога́с, пога́сла, пога́сли) *perf.* to go out (of a light, fire)
погаси́ть (погашу́, пога́сишь) *perf.* to extinguish, put out
погля́дывать to look at (на + *acc.*)
пого́ня pursuit, chase
погоня́ть to drive, urge on (animals)
по́греб (*pl.* погреба́) cellar
погре́ться *intrans. perf.* to warm up, warm oneself up
под (+ *inst.*) under (+ *acc.*) under (motion under)
подава́ть (подаю́, подаёшь) / **пода́ть** (пода́м, пода́шь, пода́ст, подади́м, подади́те, подаду́т, *past* по́дал, подала́, по́дали) to give, serve
подави́ть (подавлю́, пода́вишь) *perf.* to squeeze, crush, run over
подари́ть (подарю́, пода́ришь) *perf.* to give (something) as a gift
пода́рок (пода́рка) present, gift
поджида́ть to wait for (+ *gen.*)
подкла́дывать to place under, lay under
подколо́дный (*colloq.* змея́ подколо́дная = snake in the grass, a dangerous, treacherous person)
подкра́сться (подкраду́сь, подкрадёшься, *past* подкра́лся, подкра́лась, подкра́лись) *perf.* to sneak up to (к + *dat.*)
по́дле alongside, near (+ *gen.*)
подлете́ть (подлечу́, подлети́шь) *perf.* to fly up to (к + *dat.*)
поднима́ть / подня́ть (подниму́, подни́мешь, *past.* по́днял, подняла́, по́дняли) to raise, lift, pick up

поднимáться / поднять́ся (поднимýсь, подни́мешься, *past.* поднял́ся, поднялáсь, подняли́сь) to rise, go up
подóбный similar to, like (+ *dat.*)
подосáдовать (подосáдую, подосáдуешь) *perf.* to be annoyed
подплывáть to swim up to (к + *dat.*)
подпускáть to allow to approach, allow to a certain point
подрýга female friend
подружи́ться (подружýсь, подружи́шься) *perf.* to become friends with (с + *inst.*)
подры́ть (подрóю, подрóешь) *perf.* to dig under, undermine
подскакáть (подскачý, подскáчешь) *perf.* to run up to, gallop up to (к + *dat.*)
подступи́ть (подступлю́, подстýпишь) *perf.* to approach
подýть (подýю, подýешь) *perf.* to start to blow
подхвати́ть (подхвачý, подхвáтишь) *perf.* to grab, snatch
подходи́ть (подхожý, подхóдишь) / **подойти́** (подойдý, подойдёшь, *past* подошёл, подошлá, подошли́) to walk up to (к + *dat.*)
подъéхать (подъéду, подъéдешь) *perf.* to drive up to, ride up to (к + *dat.*)
поезжáйте *comm.* of **éхать / поéхать**
поéсть (поéм, поéшь, поéст. поеди́м, поеди́те, поедя́т, *past* поéл, поéла, поéли) *perf.* to eat
пожáловать *perf. obs.* to visit (к + *dat.*)
пожáлуй *part.* possibly, probably (also used to indicate reluctant consent)
пожéчь (пожгý, пожжёшь, *past* пожёг, пожглá, пожгли́) *perf.* to burn
пожи́ва *colloq.* something from which one can easily profit, easy money
поживáть to live
позади́ behind (+ *gen,*)
позвóлить *perf.* to allow, permit
поигрáть *perf.* to play (a little while)
пóиск (usually *pl.*) search (в пóисках = in search of)
пои́ть (пою́, пóишь) / **напои́ть** to give someone something to drink
поймáть *perf.* to catch (c.f. **лови́ть**)
покáзывать / показáть (покажý, покáжешь) to show
покидáть to leave, abandon
поклони́ться (поклоню́сь, поклóнишься) *perf.* to bow (+ *dat.*)
покóй peace, quiet, *obs.* room
покýда *colloq.* while
покуми́ться (покумлю́сь, покуми́шься) *perf.* to become the godparents (кум, кумá) of a child
пол floor
полáкомиться (полáкомлюсь, полáкомишься) *perf.* to feast on (+ *inst.*)
пóле field
полёживать *colloq.* to lie, lie from time to time (= **лежáть**)
поли́тый watered (of plants)
пóлка shelf
полнéть to put on weight
полови́на half
положи́тельный positive
положи́ть (положý, полóжишь) *perf.* to put, place (c.f. **класть**)
полотéнце towel
полотнó (*pl.* полóтна) linen
получáть / получи́ть (получý, полýишь) to receive
получáться / получи́ться to come out, result
полюби́ть (полюблю́, полю́бишь) *perf.* to fall in love with
полюбóвный friendly, peaceful, without arguments
поля́на clearing (in the forest)
помелó *folk.* broom, stick with a rag tied on the end (for cleaning stoves and chimney)
померéть (помрý, помрёшь, *past* пóмер, померлá, померли́) *colloq. perf.* to die
пóмнить to remember
помогáть / помóчь (помогý, помóжешь, *past* помóг, помоглá, помогли́) *perf.* to help (+ *dat.*)
помя́ть (помнý, помнёшь) *perf.* to crush, press
понáдобиться to be necessary, needed
понести́ (понесý, понесёшь, *past* понёс, понеслá) *perf.* to carry, carry off to
понрáвиться *perf.* to be pleasing to, like (царю́ понрáвились рубáшки = the tsar liked the shirts)
поню́хать *perf.* to smell, sniff
поня́ть (поймý, поймёшь, *past* пóнял, понялá, пóняли) *perf.* to understand
пóодаль *adv.* at a distance
попадáть / попáсть (попадý, попадёшь, *past* попáл, попáла) *perf.* to get to, end up in, wind up in
попадáться / попáсться to come across, meet (попадáется емý медвéдь = he comes across / meets a bear)
попрáвить (попрáвлю, попрáвишь) *perf.* to correct, repair
попроси́ться (попрошýсь, попрóсишься) *perf.* to ask for, ask permission to
порá (*acc.* пóру) time (с той поры́ = from the time, from that time)
порáдоваться (порáдуюсь, порáдуешься) *perf.* to be happy, rejoice
порéзать (порéжу, порéжешь) *perf.* to cut, slice
порóжний *colloq.* empty
порося́тина suckling pig (served as food)
посади́ть (посажý, посáдишь) *perf.* to seat, put, plant (c.f. **сажáть**)
посви́стывать to whistle
пóсле after (+ *gen*)
послéдки *colloq.* remainder, leftovers (= **остáтки**)
послéдний last
послы́шаться (послы́шусь, послы́шишься) *perf.* to be heard
посмéиваться to laugh, chuckle
посóл (послá) ambassador
поспéть *colloq. perf.* to be on time
постели́ть (постелю́, постéлешь) *colloq. perf.* to lay (a tablecloth), make (a bed)
постéль bed
посули́ть *obs. perf.* to promise
пострóить *perf.* to build

поступи́ть (поступлю́, посту́пишь) *perf.* to act, behave
посыла́ть / посла́ть (пошлю́, пошлёшь) to send
потихо́ньку quietly
потоло́к (потолка́) ceiling
пото́м then, next
потопи́ть (потоплю́, пото́пишь) *perf.* to sink (something)
потуха́ть to go out, die out (of something burning)
потуши́ть (потушу́, поту́шишь) *perf.* to put out, extinguish
по́тчевать (по́тчую, по́тчуешь) to treat to (food and drink)
поутру́ *colloq.* early in the morning
похáживать *colloq.* to walk back and forth, pace
похвала́ praise
походи́ть (похожу́, похо́дишь) *perf.* to walk around, stroll around (a little bit)
похуде́ть *perf.* to grow thin, lose weight
почерне́ть *perf.* to turn black
поче́сть (почту́, почтёшь, *past* почёл, почла́, почли́) *obs. perf.* to consider (someone something)
появи́ться (появлю́сь, поя́вишься) *perf.* to appear
пра́вда truth
пра́вить (пра́влю, пра́вишь) to rule, govern (+ *inst.*)
пра́во *part.* really, believe me!
пра́вый right (direction)
пра́здник holiday
пребольшо́й *obs.* very large
превраща́ть / преврати́ть (превращу́, преврати́шь) to turn something (*acc.*) into something (в + *acc.*)
преда́ть (преда́м, преда́шь, преда́ст, предади́м, предади́те, предаду́т *past* пре́дал, предала́, пре́дали) *perf.* to commit (someone / something) to (+ *dat.*)
предста́вить (предста́влю, предста́вишь) (with себе́) to imagine (предста́вьте себе́, что. . . = imagine that. . .)
предупрежде́ние warning
пре́жде before, first
пре́жний former, previous
прекра́сный beautiful
прельсти́ться (прельщу́сь, прельсти́шься) *perf.* to be tempted by, captivated by
прему́дрый *obs.* very wise
при near, attached to, during, in the presence of (+ *prep.*)
прибежа́ть (прибегу́, прибежи́шь) *perf.* to run to, arrive running
приведён (приведена́, приведены́) (к той золото́й кле́тке бы́ли стру́ны приведены́ = there were strings attached to that golden cage)
привезти́ (привезу́, привезёшь, *past* привёз, привезла́, привезли́) *perf.* to bring (by vehicle)
привести́ (приведу́, приведёшь, *past.* привёл, привела́, привели́) *perf.* to lead to, bring (к + *dat.*)
приве́тливый friendly, welcoming
привы́чный something one is used to, accustomed to (к + *dat.*)
привяза́ть (привяжу́, привя́жешь) *perf.* to tie to, attach to (к + *dat.*)
пригова́ривать to repeat, keep saying
пригоди́ться (пригожу́сь, пригоди́шься) *perf.* to come in handy, be of use to (+ *dat.*)
приго́жий *folk.* handsome, good-looking
пригото́вить (пригото́влю, пригото́вишь) *perf.* to prepare, cook
пригото́вленный prepared
придво́рный court, pertaining to the royal court
приезжа́ть / прие́хать (прие́ду, прие́дешь) to arrive by vehicle
приёмыш *colloq.* adopted child
прижа́ть (прижму́, прижмёшь) *perf.* to press, pin down / against (к + *dat.*)
прижи́ть (приживу́, приживёшь, *past* прижи́л, прижила́, прижи́ли) *obs. perf.* to give birth to, bring into the world
призыва́ть / призва́ть (призову́, призовёшь, *past* призва́л, призвала́, призва́ли) to call, summon
прийти́ (приду́, придёшь, *past* пришёл, пришла́, пришли́) *perf.* to come, arrive
прийти́сь *impers. perf.* to have to (+ *dat.*) (ему́ пришло́сь е́хать че́рез го́род = he had to drive through the city)
прика́з order, command
прика́зывать / приказа́ть (прикажу́, прика́жешь) to order, command (+ *dat.*)
прикати́ть (прикачу́, прика́тишь) *perf.* to come rolling up
прикати́ться *intrans. perf.* to roll up to (к + *dat.*)
приключе́ние adventure
приключи́ться *colloq. perf.* to happen, occur
приколо́ть (приколю́, прико́лешь) *colloq. perf.* to stab to death
прилета́ть / прилете́ть (прилечу́, прилети́шь) to arrive flying
приложи́ть (приложу́, прило́жишь) *perf.* to put, place against (к + *dat.*)
принима́ть / приня́ть (приму́, при́мешь, *past.* при́нял, приняла́, при́няли) to accept
принима́ться / приня́ться (приму́сь, при́мешься, *past.* принялся́, приняла́сь, приняли́сь) to begin, set about
приноси́ть (приношу́, прино́сишь) / **принести́** (принесу́, принесёшь, *past.* принёс, принесла́, принесли́) to bring
присва́тываться to arrange a match for, propose to, request permission to marry (к + *dat.*)
присе́сть (прися́ду, прися́дешь, *past* присе́л, присе́ла, присе́ли) *perf.* to sit down
присла́ть (пришлю́, пришлёшь) *perf.* to send
приуны́ть (only past tense used) *perf.* to become discouraged, dejected
приходи́ть (прихожу́, прихо́дишь) / **прийти́** (приду́, придёшь, *past.* пришёл, пришла́) to come, arrive
приходи́ться *impers.* to have to, have occasion to (+ *dat.* and *inf.*)

причеса́ться (причешу́сь, приче́шешься) *perf.* to comb one's hair
прия́тный pleasant
про (+ *acc.*) about
пробира́ть to penetrate (of cold)
пробуди́ться (пробужу́сь, пробу́дишься) *book. perf.* to awaken (= **просну́ться**)
пробы́ть (пробу́ду, пробу́дешь про́был, пробыла́, про́были) *perf.* to stay, spend (a certain amount of time)
провали́ться (провалю́сь, прова́лишься) *perf.* to fall into, collapse, disappear
проводи́ть (провожу́, прово́дишь) *perf.* to escort, see someone off. *imperf.* to spend (time)
прогна́ть (прогоню́, прого́нишь, *past* прогна́л, прогнала́, прогна́ли) *perf.* to drive away, chase away
прогу́ливаться / прогуля́ться to walk, stroll
прода́ть (прода́м, прода́шь, прода́ст, продади́м, продади́те, продаду́т, *past* про́дал, продала́, про́дали) *perf.* to sell
проде́лка prank, trick, escapade
проде́ть (проде́ну, проде́нешь) *perf.* to pass (something) through
продолжа́ться *intrans.* to continue, last, go on
проезжа́ть to drive through
прозимова́ть (прозиму́ю, прозиму́ешь) *perf.* to spend the winter
прозя́бнуть (*past* прозя́б, прозя́бла, прозя́бли) *colloq. perf.* to freeze
происходи́ть to occur, happen
пройти́ (пройду́, пройдёшь, *past* прошёл, прошла́, прошли́) *perf.* to walk (past), to pass
пройти́сь (пройду́сь, пройдёшься, *past* прошёлся, прошла́сь, прошли́сь) *perf.* to walk, stroll
промелькну́ть *perf.* to flash, flash by
промо́лвить (промо́лвлю, промо́лвишь) *perf.* to say, utter
проноси́ть (проношу́, проно́сишь) *perf.* to wear for a certain period of time, wear out
проруби́ть (прорублю́, проpу́бишь) *perf.* to hack through, cut through
про́рубь hole cut in the ice
просиде́ть (просижу́, просиди́шь) *perf.* to sit for a certain amount of time
проси́ть (прошу́, про́сишь) / **попроси́ть** to ask for
проси́ться (прошу́сь, про́сишься) to ask for permission (to do something)
прости́ть (прощу́, прости́шь) *perf.* to forgive, pardon
просто́й simple
просыпа́ться / просну́ться to come out of sleep, to awake
про́сьба request
протяну́ть *perf.* to extend, stretch out
проче́сть (прочту́, прочтёшь, *past* прочёл, прочла́, прочли́) *perf.* to read
прочь away, off
проща́й farewell!
проще́ние forgiveness (проси́ть проще́ния = to beg forgiveness)
пры́гать / пры́гнуть to jump, leap
пря́жа yarn
пря́мо straight, directly
пря́ник sweet soft cake often in the shape of figure or circle
прясть (пряду́, прядёшь, *past* прял, пряла́, пря́ли) to spin (cloth, yarn)
пря́таться (пря́чусь, пря́чешься) / **спря́таться** *intrans.* to hide (yourself)
пти́ца bird
пуга́ться / испуга́ться to be frightened, scared
пузырёк (пузырька́) small container, bottle, vial, bubble, little bladder
пуска́й *colloq. part.* let (= **пусть**)
пусти́ть (пущу́, пу́стишь) *perf.* to let go, let in
пусти́ться (пущу́сь, пу́стишься) *perf.* to set off, race off
пусть *part.* let (прекра́сная короле́вна пусть е́дет на коне́ златогри́вом = let the beautiful princess ride the golden-maned horse)
путь (*gen.* пути́, *inst.* путём) *masc.* path, road
пу́ще *colloq.* more
пшени́ца wheat

Р

рабо́та work, job
рабо́тать / порабо́тать to work
рад (ра́да, ра́ды) happy
ра́доваться (ра́дуюсь, ра́дуешься) / **обра́доваться** to be glad, happy
ра́дость happiness, joy
раз time (оди́н раз, два ра́за)
разбежа́ться (разбегу́сь, разбежи́шься) *perf.* to run at full speed, make a running approach
разбива́ть / разби́ть (разобью́, разобьёшь) to break (open)
разбива́ться / разби́ться (разобью́сь, разобьёшься) to break (open), be broken (open)
разбуди́ть (разбужу́, разбу́дишь) *perf.* to wake up (someone)
разверну́ть *perf.* unwrap
разгнева́ться *perf.* to become angry, fly into a rage (на + *acc.*)
разгова́ривать to converse with, speak with (с + *inst.*)
разгово́р conversation
разда́ть (разда́м, разда́шь, разда́ст, раздади́м, раздади́те, раздаду́т, *past* разда́л, раздала́, разда́ли) *perf.* to distribute, hand out
разду́мье thought, meditation
разлете́ться (разлечу́сь, разлети́шься) *perf.* to fly off in different directions
разлива́ться to overflow its banks (of a river), spill
разложи́ть (разложу́, разло́жишь) to lay out, distribute, build (a fire)
разлома́ть *perf.* to break open, break apart
разма́зать (разма́жу, разма́жешь) *perf.* to spread, smear
размета́ть (размечу́, разме́чешь) *perf.* to throw in different directions
размеша́ть *perf.* to stir, mix together
размы́кать *folk. perf.* to dispel, take your mind off of, forget (sadness, misery)
ра́зный different, various
разоде́тый dressed up

разорва́ть (разорву́, разорвёшь) *perf.* to tear, rip (into pieces)
разори́ть *perf.* to ruin, devastate, destroy
разосла́ть (разошлю́, разошлёшь) *perf.* to send out
разу́бранный *obs.* well dressed, decorated
разъяри́ть *perf.* to infuriate, enrage
рак crawfish
ра́но early
ра́ньше earlier, before
распева́ть to sing (loudly, happily)
расплеска́ться (расплещу́сь, расплéщешься) *intrans. perf.* to spill (said of a liquid)
распозна́ть *perf.* to recognize, identify
распусти́ть (распущу́, распу́стишь) *perf.* to loosen, let out, spread
распу́тье crossroads
рассвета́ть / рассвести́ (рассветёт, *past* рассвело́) to dawn (each day as the sun is rising)
расска́зчик narrator
расска́зывать / рассказа́т (расскажу́, расска́жешь) to tell, recount (a story)
расстава́ться (расстаю́сь, расстаёшься) / **расста́ться** (расста́нусь, расста́нешься) to part with (с + *inst.*)
расти́ (расту, растёшь, *past* рос, росла́, росли́) to grow
растяну́ться (растяну́сь, растя́нешься) *perf.* to stretch out, extend
рвать (рву, рвёшь) to tear, tear up
ребя́точки *dim.* children
ре́чка *dim.* river
речь speech
реша́ть / реши́ть to decide
решётка grating, lattice, fence
реши́ться *perf.* to decide (to do something)
ро́вный exact, even
рог (*pl.* рога́) horn, antler
роди́ны *colloq. pl.* celebration of the birth of a child
роди́тель *masc. obs.* father
роди́тельский parent's, parents'
роди́ть (рожу́, роди́шь, *past* родила́) *perf.* to give birth to
родно́й native, birth
роль role
рот (рта) mouth
руба́шка shirt
руби́ть (рублю́, ру́бишь) to chop, cut
руга́ть to curse, swear at
рука́ (*acc.* ру́ку, *pl.* ру́ки) hand
рука́в (*pl.* рукава́) sleeve
рукоде́льница needlewoker
ры́ба fish
ры́ло snout
ры́царь *masc.* knight
ря́дом next to each other, nearby, next to (с + *inst.*)
ря́дышком *dim.* next to each other, nearby, next to (с + *inst.*) (= **ря́дом**)

С

с (+ *inst.*) with, (+ *gen.*) from (с тех пор = since then, from that time)
сад (*prep.* в саду́) garden
сади́ться (сажу́сь, сади́шься) / **сесть** (ся́ду, ся́дешь, *past.* сел, се́ла, се́ли) to sit down
сажа́ть / посади́ть (посажу́, поса́дишь) to seat, put, plant
сам (сама́, само́, са́ми) himself, herself, itself, themselves
са́ни *pl.* sleigh, sled
сапо́г (сапога́) boot
сарафа́нчик *obs. dim.* woman's dress (pre-revolutionary)
са́харный sugary, sugar-sweet
сбе́гать *perf.* to run to a place and return
сбро́сить (сбро́шу, сбро́сишь) *perf.* to throw off
сбру́я harness
сбры́знуть *perf.* to spray, sprinkle
сва́дебка *dim.* wedding
сва́дьба wedding
свари́ть (сварю́, сва́ришь) *perf.* to cook (soup, oatmeal)
све́жий fresh
свезти́ (свезу́, свезёшь, *past* свёз, свезла́, свезли́) *perf.* to carry, drive (to a certain place)
свёкла beets
сверх over, in addition to (+ *gen.*)
све́рху from above
свет light, world
свети́льня wick
свети́ться (свечу́сь, све́тишься) to light up, shine
све́тлый light, bright
свеча́ (*pl.* све́чи) candle
све́чка *dim.* candle
свинья́ pig
свире́пый fierce
сви́стнуть *perf.* to whistle
свято́й holy
святы́ня holy object, place
сгрести́ (сгребу́, сгребёшь, *past* сгрёб, сгребла́, сгребли́) *perf.* to brush off, shovel off
сей (сия́, сие́, сии́) *obs.* this (= **э́тот**)
секре́т secret
се́лезень (се́лезня) *masc.* male duck, drake
село́ (*pl.* сёла) village
семья́ family
серде́чный of the heart, warmhearted, sincere
серди́тый angry
серди́ться (сержу́сь, се́рдишься) / **рассерди́ться** to be angry (на + *acc.*)
се́рдце heart
серебро́ silver
середи́на middle
се́рый grey
сестра́ (*pl.* сёстры) sister
сесть (ся́ду, ся́дешь, *past.* сел, се́ла) *perf.* to sit down (c.f. **сади́ться**)
сжечь (сожгу́, сожжёшь, *past* сжёг, сожгла́, сожгли́) *perf.* to burn (c.f. **жечь**)
сза́ди from behind, behind, (+ *gen.*) behind
сиде́ть (сижу́, сиди́шь) to sit
си́ла strength
си́льно strongly, very much
симпати́чный nice
си́ний dark blue

сия́ть to shine, glow
сказа́ть (скажу́, ска́жешь) *perf.* to say (c.f. **говори́ть**)
ска́зка fairy tale
ска́зочный *adj.* fairy-tale
ска́зывать *folk.* to say (= **говори́ть**)
скака́ть (скачу́, ска́чешь) to jump, skip
ска́терть tablecloth
сквозь (+ *acc.*) through (motion)
ски́нуть *perf.* to throw off, take off
сконча́ться *perf.* to pass away, die
ско́ро soon
скрои́ть (скрою́, скрои́шь) *perf.* to cut fabric into pieces to sew something
скро́мный modest, humble
скры́ться (скро́юсь, скро́ешься) *perf.* to hide, disappear (и́з виду = disappear from sight)
скупа́ться *obs. perf.* to go for a swim
скуча́ть to be bored, (по + *dat.*) to miss, yearn for
ску́чно boring
ску́шать *perf.* to eat up
сла́вный glorious
сла́дить (сла́жу, сла́дишь) *perf.* to handle, cope with, get along with (с + *inst.*)
сла́дкий sweet, tasty
след track, trail, trace
следи́ть (слежу́, следи́шь) to follow, keep an eye on (за + *inst.*)
сле́довать (сле́дую, сле́дуешь) to follow, come after (как сле́дует = properly, as one should)
сле́дующий next, the following
слеза́ (*pl.* слёзы) tear
слеза́ть / слезть (сле́зу, сле́зешь, *past* слез, сле́зла, сле́зли) to climb down from (с + *gen.*)
слёзно with tears, plaintively
слета́ть *perf.* to fly to a place and return
сли́ва plum
сли́шком too, excessively
сло́во (*pl.* слова́) word
сложи́ть *perf.* to lay together, fold up
слуга́ (*pl.* слу́ги) *masc.* servant
слу́жба service
случи́ться *perf.* to happen, take place (usually with negative connotation)
слу́шать / послу́шать to listen (to)
слу́шаться to heed, obey (+ *gen.*)
слыха́ть / услыха́ть (used only in past tense) to hear (= **слы́шать / услы́шать**)
слы́шать (слы́шу, слы́шишь) / **услы́шать** to hear
смастери́ть *perf.* to make, build
смекну́ть *colloq. perf.* to catch on
сме́ло bravely
сме́лый brave, courageous
смерка́ться to get dark (end of day)
смерть death
сметь to dare
смея́ться (смею́сь, смеёшься) laugh (над + *inst.*) to make fun of
смоло́ть (смелю́, сме́лешь) *perf.* to grind
смотре́ть (смотрю́, смо́тришь) / **посмотре́ть** to watch (на + *acc.*) to look at
снаряжа́ться to stock up on necessary things, equip oneself (+ *inst.*)
снача́ла first, first of all, at first
снима́ть / снять (сниму́, сни́мешь, *past* снял, сняла́, сня́ли) to take off, remove
собира́ть / собра́ть (соберу́, соберёшь, *past* собра́л, собрала́, собра́ли) to collect, gather
собира́ться / собра́ться (соберу́сь, соберёшься, *past* собра́лся, собрала́сь, собрали́сь) *intrans.* to gather, assemble, prepare
сове́т advice
совсе́м completely
согласи́ться (соглашу́сь, согласи́шься) *perf.* to agree
сокро́вище treasure
сокруша́ться to be very sad (о + *prep.*)
солёный salt, salted, salty
со́лнечный solar, sun's
со́лнце sun
со́лнышко *dim.* sun
со́лоно short form of солёный, salty, containing salt
соль salt
сон (сна) sleep, dream
со́нный sleeping, sleepy
сор trash, litter
соро́ка magpie
соро́чка shirt (= **руба́шка**)
сосе́д (*pl.* сосе́ди) neighbor
сослужи́ть (сослужу́, сослу́жишь) *perf.* to serve, do a service (+ *dat.*)
состаре́ться *perf.* to grow old
сотвори́ть *perf.* to create
соткá́ть (сотку́, соткёшь, *past* соткáл, соткалá, соткáли) *perf.* to weave
спасти́ (спасу́, спасёшь, *past* спас, спасла́, спасли́) *perf.* to save, rescue
спать (сплю, спишь) to sleep
сперва́ *colloq.* first, at first
спина́ (*acc.* спи́ну, *pl.* спи́ны) back, spine
спи́ца knitting needle
спохвати́ться (спохвачу́сь, спохва́тишься) *perf. colloq.* to remember suddenly
спра́виться (спра́влюсь, спра́вишься) to deal with, cope with, handle (с + *inst.*)
справля́ть to cope with, take care of
спра́шивать / спроси́ть (спрошу́, спро́сишь) to ask
спры́снуть *perf.* to sprinkle
спуска́ть / спусти́ть (спущу́, спу́стишь) to lower, let down
спуска́ться / спусти́ться (спущу́сь, спу́стишься) to go down, descend, land
сравни́ть *perf.* to compare
срасти́сь (срасту́сь, срастёшься, *past* сросся, сросла́сь, сросли́сь) *perf.* to grow (back) together
среди́ (+ *gen.*) in the middle of, among
сре́дний middle
срыва́ть / сорва́ть (сорву́, сорвёшь) to tear off, pick (с + *gen.*)
ста́вить (ста́влю, ста́вишь) / **поста́вить** to place, put
стака́н glass (for drinking)
стан figure, build

станови́ться (становлю́сь, стано́вишься) / **стать** (ста́ну, ста́нешь) to become
стара́ться / постара́ться to try (+ *inf.*)
стари́к (старика́) old man
старичо́к (старичка́) *dim.* old man
ста́рость old age
стару́ха old woman
стару́шка *dim.* old woman
ста́рший older
ста́рый old
стать (ста́ну, ста́нешь) *perf.* to become, start, to put oneself somewhere in a standing position (ста́ло быть = consequently) (c.f. **станови́ться**)
статья́ article (in a journal, newspaper)
стемне́ть *perf.* to get dark
стена́ (*acc.* сте́ну, *pl.* сте́ны) wall
стоя́ть (стою́, стои́шь) to stand
стол (стола́) table
столб (столба́) post, pole, pillar
сторона́ (*acc.* сто́рону, *pl.* сто́роны) side, direction
страна́ (*pl.* стра́ны) country
страх fear
стра́шный terrible, frightful
страща́ть to frighten, threaten
стрела́ (*pl.* стре́лы) arrow
стреля́ть / вы́стрелить to shoot, fire (в + *acc.*)
стро́ить / постро́ить to build
струна́ (*pl.* стру́ны) string (often in musical instruments)
стря́пать / состря́пать to cook
студёный very cold, freezing
стук knock, clatter
сту́па mortar (bowl)
ступа́ть to step, go
стуча́ть (стучу́, стучи́шь) to knock
сты́дно shameful (мне сты́дно = I am ashamed)
суди́ть (сужу́, су́дишь) to judge
судьба́ fate
сунду́к (сундука́) chest, trunk
суново́й *adj.* soup
супру́жество married life
сухо́й dry
схвати́ть (схвачу́, схва́тишь) *perf.* to grab, seize
сходи́ть (схожу́, схо́дишь) *perf.* to walk to a place and return
сце́на scene, stage
сча́стливо happily
счита́ть to consider, regard
сшива́ть to sew, sew together
съеда́ть / съесть (съем, съешь, съест, съеди́м, съеди́те, съедя́т, *past* съел, съе́ла, съе́ли) to eat up
съе́здить (съе́зжу, съе́здишь) *perf.* to make a trip to a place and return
сыгра́ть *perf.* to play (here: perform) (c.f. **играть**)
сын (*pl.* сыновья́) son
сыно́к (-нка́) *dim.* son
сыро́й damp, raw
сыска́ть (сыщу́, сы́щешь) *perf.* to find
сюда́ here (directional)

Т

так in this manner, so, in that case (так же = in the same way)
тако́й such
тала́нтливый talented
там there
таре́лка plate
таска́ть to pull, drag, carry (multidirectional)
тащи́ть (тащу́, та́щишь) to pull, drag
те́ло body
темни́ца *obs.* dungeon, prison
темнота́ darkness
тёмный dark
тепло́ warm, warmth
тёплый warm
те́рем (*pl.* терема́) part of Russian houses where women were kept in seclusion
те́сно crowded, tight
те́сто dough
ти́хий quiet
тканьё weaving
това́р goods, merchandise
това́рищ comrade
тогда́ then, in that case
то́стый thick, fat
то́лько only
то́нкий thin, fine
топо́р (топора́) ax
торго́вый trade, related to trade
торча́ть (торчу́, торчи́шь) to protrude, stick out
тоска́ melancholy, boredom
то́тчас immediately, right away
точи́ть (точу́, то́чишь) / **наточи́ть** to sharpen
то́чка dot, point (то́чка зре́ния = point of view)
то́шно *impers.* nauseating, sickening (мне то́шно = it sickens me)
трава́ grass
тра́вка grass, herb
тре́тий (тре́тья, тре́тье, тре́тьи) third
треща́ть (трещу́, трещи́шь) to crack, crackle
тро́гать / тро́нуть to touch
труд (труда́) labor, work
тру́дный difficult
трудолюби́вый hard-working
труп corpse, dead body
туда́ there (direction) (туда́ же = in the same direction, to the same place)
тужи́ть (тужу́, ту́жишь) / **потужи́ть** *colloq.* to grieve
тут here (= **здесь**)
тяжёлый heavy, difficult

У

у (+ *gen.*) by, near, at someone's house, possession (у меня́ есть кни́га = I have a book)
убеди́ть (non-past 1st person sing. not used) *perf.* to persuade to, convince to
убежа́ть (убегу́, убежи́шь) *perf.* to run away, run off
убива́ть / уби́ть (убью́, убьёшь) to kill
убира́йся! get lost! clear out of here!
уби́тый killed, murdered

убра́ться (уберу́сь, уберёшься, *past* убра́лся, убрала́сь, убрали́сь) *perf.* to clean up, tidy up
увезти́ (увезу́, увезёшь, *past* увёз, увезла́, увезли́) *perf.* to carry off
увида́ть *perf.* to see (= **уви́деть**)
уви́деть (уви́жу, уви́дишь) *perf.* to see (c.f. **ви́деть**)
угова́ривать / уговори́ть to persuade, (*imperf.*) try to persuade
у́гол (угла́, *pl.* углы́) corner
у́голь (у́гля) *masc.* coal
угоща́ть / угости́ть (угощу́, угости́шь) to treat, (+ *inst.*) to treat someone to something
ударя́ть / уда́рить to strike, hit
ударя́ться / уда́риться to strike, hit (в, о + *acc.*)
уда́ться *perf.* to succeed (+ *dat.*)
уде́рживать / удержа́ть (удержу́, уде́ржишь) to hold back, restrain
удиви́ться (удивлю́сь, удиви́шься) *perf.* to be surprised
уе́хать (уе́ду, уе́дешь) *perf.* to ride off, away
уж already (= **уже́**)
уже́ already
у́жас horror
у́жин dinner
у́жинать / поу́жинать to eat dinner
узда́ (*pl.* у́зды) bridle
узна́ть *perf.* to find out, recognize
узо́р pattern, design
ука́зывать / указа́ть (укажу́, ука́жешь) to indicate, point out
укро́п dill
улета́ть / улете́ть (улечу́, улети́шь) to fly off, fly away
у́лица street
уле́чься (уля́гусь, уля́жешься, *past* улёгся, улегла́сь, улегли́сь) *perf.* to lie down (= **лечь**)
уложи́ть (уложу́, уло́жишь) *perf.* to lay down
ум (ума́) mind
уме́ть to know how (+ *inf.*)
у́мный smart, intelligent
умира́ть / умере́ть (умру́, умрёшь, *past* у́мер, умерла́, умерли́) to die
у́мный smart, intelligent
умы́ться (умо́юсь, умо́ешься) *perf.* to wash up, wash hands and face
унести́ (унесу́, унесёшь, *past* унёс, унесла́, унесли́) *perf.* to carry away
уня́ть (уйму́, уймёшь, *past* уня́л, уняла́, уня́ли) *perf.* to quiet, calm, supress
упа́сть (упаду́, упадёшь, *past.* упа́л, упа́ла) *perf.* to fall down
упра́виться (упра́влюсь, упра́вишься) *perf.* to handle, deal with (с + *inst.*)
управля́ть to govern, rule, manage (+ *inst.*)
уроди́ться to grow, be born
уро́к lesson
урони́ть (уроню́, уро́нишь) *perf.* to drop
усе́сться (уся́дусь, уся́дешься, *past* усе́лся, усе́лась, усе́лись) *perf.* to sit down (comfortably or for a long time)
услу́га favor, service
услы́шать (услы́шу, услы́шишь) *perf.* to hear (c.f. **слы́шать**)
усну́ть *perf.* to fall asleep
успева́ть / успе́ть to have time (to do something)
уста́ *obs. pl.* mouth
уста́ть (уста́ну, уста́нешь) *perf.* to get tired
утеша́ть to console, comfort
у́тка duck
у́точка *dim.* duck
у́тро morning
уха́ fish soup
ухвати́ть (ухвачу́, ухва́тишь) *perf.* to grab, seize (за + *acc.*) to grab by
уцепи́ться (уцеплю́сь, уце́пишься) *perf.* to grab hold of (за + *acc.*)

Х

хвастли́вый boastful
хвати́ться *colloq. perf.* to miss, notice the absence of, start to look for
хвост (хвоста́) tail
хи́трость tricks, cunning
хи́трый crafty, cunning, sly, wise
хлеб bread
хлеба́ть to eat, gulp down
хлопота́ть (хлопочу́, хлопо́чешь) to fuss about, make efforts to, try to see to it that something is done
ходи́ть (хожу́, хо́дишь) to go, walk (multidirectional)
хозя́йка housewife, hostess
хо́лод cold
холо́дный cold
холодо́чек (холодо́чка) *dim.* a cold / cool place
холосто́й unmarried (said of a man)
хороше́ть to become prettier
хоро́ший good
хоте́ние wanting, wishing
хоте́ть (хочу́, хо́чешь, хо́чет, хоти́м, хоти́те, хотя́т) / **захоте́ть** to want
хоте́ться (хо́чется) / **захоте́ться** to want, feel like (мне хо́чется = I feel like)
хоть although, at least, even if (хоть бы = if only, even if)
хотя́ although
храни́ться to be kept, stored
хруста́ль *masc.* crystal
хруста́льный crystal, crystal-like
хрусте́ть (хрущу́, хрусти́шь) to crush
хрычо́вка old woman (usually with the adjective ста́рая)
худе́ть to grow thinner
ху́до *obs.* harm, bad
худо́жественный artistic (худо́жественная литерату́ра = fiction)
худо́й bad, skinny

Ц

царе́вич tsarevich, tsar's son
ца́рский tsar's
ца́рство tsardom
царь (царя́) *masc.* tsar
цвести́ (цвету́, цветёшь, *past.* цвёл, цвела́, цвели́) to bloom, blossom
цвето́к (*pl.* цветы́) flower

цвето́чек (цвето́чка) *dim.* flower
целова́ть (целу́ю, целу́ешь) / **поцелова́ть** to kiss
це́лый a whole, whole
цель goal
цена́ (*acc.* це́ну, *pl.* це́ны) price
цыплёнок (*pl.* цыпля́та) chick

Ч

ча́до *obs.* child
чай *part.* apparently, probably
ча́йный *adj.* tea
ча́стый frequent, dense
ча́шка cup
челно́к shuttle (for weaving)
челове́ческий human
челове́чий (челове́чья, челове́чье, челове́чьи) human
черёд one's turn
че́рез (+ *acc.*) through
че́реп (*pl.* черепа́) skull
черносли́в prunes
черну́шка black grains (in rice, wheat)
чёрный black
честно́й *obs.* honored, respected
че́стный honest
честь honor
четвёртый fourth
че́тверть quarter, fourth
чи́стый clean (here: wide-open)
что́ what, why (unstressed = that)
что́бы in order to, that (+ *inf.* or *past*)
чуде́сный miraculous, wonderful, marvelous
чу́дный wonderful, marvelous
чу́диться *impers.* to seem (тебе́ чу́дится = it seems to you [of something improbable])
чу́до (*pl.* чудеса́) miracle, wonder
чужо́й foreign, strange, someone else's
чула́нчик *dim.* place in a house used for storage
чуло́к (чулка́) stocking
чутьё instinct, feel, sense of smell (of an animal)

Ш

ша́пка hat, cap
шапчо́нка *dim.* hat
швея́ seamstress
шёл (шла, шло, шли) *past.* of **идти́**
шерсть wool, fur
широ́кий wide, vast, grand
шить (шью, шьёшь) / **сшить** (сошью́, сошьёшь) to sew
шу́ба fur coat
шум noise
шуме́ть (шумлю́, шуми́шь) to make noise

Щ

щека́ (*pl.* щёки) cheek
щено́к (щенка́) puppy
щец *gen. pl.* of **щи**
щи *pl.* cabbage soup
щипа́ть (щиплю́, щи́плешь) / **ощипа́ть** to pluck
щипцы́ *pl.* tongs
щу́ка pike (fish)
щу́чий (щу́чья, щу́чье, щу́чьи) pike's

Э

э́так like this, in this way (так и э́так = this way and that)
э́тот (э́та, э́то, э́ти) this

Ю

ю́ноша *masc.* youth, young man

Я

я́блоня apple tree
я́блоко (*pl.* я́блоки) apple
я́блочко *dim.* apple
яви́ться (явлю́сь, я́вишься) *perf.* to appear, report (to someone)
яи́чко *dim.* egg
яйцо́ (*pl.* я́йца) egg
я́сный clear, bright